新・知らぬが半兵衛手控帖

再縁話

藤井邦夫

双葉文庫

目次

再縁話　新・知らぬが半兵衛手控帖

江戸町奉行所には、与力二十五騎、同心百二十人がおり、南北合わせて三百人ほどの人数がいた。その中で捕物、刑事事件を扱う同心は所謂〝三廻り同心〟と云い、各奉行所に定町廻り同心六名、臨時廻り同心六名、隠密廻り同心二名とされていた。

臨時廻り同心は、定町廻り同心の予備隊的存在だが職務は全く同じである。そして、定町廻り同心を長年勤めた者がなり、指導、相談に応じる先輩格でもあった。

第一話　岡っ引

一

雨戸の隙間や節穴から差し込む朝陽は、障子を明るく染めていた。

北町奉行所臨時廻り同心白縫半兵衛は、蒲団から起き上がった。そして、火鉢の埋み火を熾して炭を注ぎ、息を吹き掛けた。

炭は爆ぜ、火花が散った。

半兵衛は、障子と雨戸を開けた。

朝陽が一気に差し込み、吐く息が白く変わった。

半兵衛は、寒さに身震いをして井戸端に顔を洗いに行った。

何年前からだろう、廻り髪結の房吉が来る前に眼が覚めるようになったのは……。

半兵衛は苦笑した。

廻り髪結の房吉は、半兵衛の髷を手際良く解いて月代を剃り始めた。

半兵衛は、心地好さに眼を瞑った。

「旦那……」

房吉は、剃刀を動かし続けた。

「なんだい……」

「水谷の旦那、どうかしたんですか……」

「水谷って、私と同役の水谷俊太郎かい……」

北町奉行所には、水谷俊太郎と云う臨時廻り同心がいた。

「はい……」

「水谷、何かあったのか……」

「此方に来る前に寄るんですが、此処の処おいでにならない事がありましてね」

「なに……」

「御新造さまに訊いた処、お出掛けになっているとか……」

「出掛けているって、今朝もか……」

「はい。で、そんな事が此処の処、何度かありましてね……」

「朝から出掛けている事がか……」

「ええ。ひょっとしたら、夜、帰って来ていないのかも……」

「房吉。水谷と御新造、どんな風なのだ」

「水谷の旦那の処はお子さんも幼く、御新造さまは忙しく、余り喋っているのは見掛けませんよ……」

房吉は眉をひそめた。

水谷と御新造の夫婦仲は、余り良くないのかもしれない。

半兵衛は、房吉が言外にそう云っているのに気が付いた。

「そうか……」

「はい……」

房吉は、半兵衛の月代を剃り終えて髷を結い始めた。


北町奉行所には様々な者が出入りしていた。

半兵衛は、岡っ引の本湊の半次と下っ引の音次郎を伴って北町奉行所に出仕した。そして、半次と音次郎を表門脇の腰掛に待たせ、同心詰所に向かった。

定町廻りと臨時廻り同心の殆どの者は、既に見廻りに出掛けており、同心詰所は閑散としていた。

半兵衛は、土間の大囲炉裏に炭を埋けていた小者の竹造に声を掛けた。

「竹造、水谷俊太郎、今朝はどうした……」

「えっ、水谷の旦那ですか……」

「うん。今朝は出仕したかな」

「そう云えば、顔、見掛けませんでしたね」

竹造は眉をひそめた。

「そうか……」

半兵衛は眉をひそめた。

臨時廻り同心の水谷俊太郎は、無口で物静かな人柄であり、外連味もなく地道な探索を根気良く続ける男だった。

そんな水谷俊太郎は、今朝は出仕していないのかもしれない。

水谷の身に何かが起こっている……。

「よし……」

半兵衛は、同僚の臨時廻り同心の水谷俊太郎を捜す事にした。

　半兵衛は、半次と音次郎を伴って一石橋傍の蕎麦屋を訪れた。

　蕎麦屋は暖簾を出したばかりで、客は未だいなかった。

　半兵衛は、半次や音次郎と座敷に上がって温かい蕎麦を頼み、臨時廻り同心の水谷俊太郎の事を教えた。

「へえ。水谷の旦那がですか……」

　半次は、半兵衛の話を聞いて眉をひそめた。

「うん。で、今朝も奉行所に姿を見せていないようだ」

「そうですか……」

「そこでだ、半次、音次郎。水谷から手札を貰っている岡っ引、何処の誰か知っているかな……」

「はい。元鳥越の長五郎です」

「元鳥越の長五郎か。どんな奴なんだい……」

「余り付き合いがないので良く分かりませんが、どうも評判は今一つかと……」

「そうか、評判は良くないか……」

「はい……」

「下っ引は寅松って奴ですぜ」

音次郎は告げた。

「おまちどおさまにございます」

蕎麦屋の店主は、湯気の立つ温かい蕎麦を持って来た。

「よし。蕎麦を食べて温まったら元鳥越に行ってみるよ」

半兵衛は、蕎麦を手繰り始めた。

浅草元鳥越町は、蔵前通りと三味線堀の武家屋敷街の間にある。

半兵衛は、半次や音次郎と神田川に架かっている新シ橋を渡り、向柳原を進んで医学館の辻を東に曲がった。そして、肥前国平戸藩江戸上屋敷や備中国鴨方藩江戸上屋敷などがある七曲がりを進んだ。

七曲がりの先には鳥越川があり、架かっている甚内橋を渡ると鳥越明神のある元鳥越町が広がっていた。

「長五郎の家は此方です」

半次は、半兵衛を鳥越明神の裏手に誘った。

音次郎が続いた。

元鳥越の長五郎の家は、鳥越明神の裏手の町の裏通りにあった。

「長五郎の家は、あの路地を入った処にあります」

半次は、裏通りの路地を示した。

「よし。半次、音次郎、長五郎がいるかどうか見て来てくれ。で、いたらどんな様子かもな。私は……」

半兵衛は、辺りを見廻して小さな煙草屋を示した。

「あの煙草屋にいるよ」

「承知しました。じゃあ……」

半次と音次郎は、長五郎の家のある路地に向かった。

半兵衛は見送った。

未だ何も分からない内から自分が表に出ると、騒ぎが大きくなるだけだ。

先ずは、水谷俊太郎が何をしているのか見極めてからだ。

半兵衛は、小さな煙草屋に向かった。


岡っ引の元鳥越の長五郎の家は、路地の奥に進んだ処にあった。

「此処だぜ……」

半次は、格子戸の家を示した。

「はい……」

音次郎は、格子戸を叩いた。

格子戸の奥から返事はなかった。

「長五郎の親分さん……」

音次郎は、格子戸を叩きながら家の中に呼び掛けた。

だが、やはり返事はなかった。

「いないようですね……」

音次郎は眉をひそめた。

「うん……」

半次は頷き、格子戸を引いてみた。

格子戸は僅かに開いた。

「親分……」

「うん……」

半次は、格子戸を開けた。

格子戸は軽やかに開いた。

半次は眉をひそめた。

「親分……」

音次郎は戸惑いを浮かべた。

「ああ。血の臭いだ」

「はい……」

半次と音次郎は、格子戸を開けた途端に血の臭いを嗅いだ。

「よし、半兵衛の旦那に報せて来な……」

半次は命じた。

「合点です」

音次郎は走った。

半兵衛は、小さな煙草屋の店先の縁台に腰掛け、店番の老婆の出してくれた薄い茶を啜っていた。

「して、元鳥越の長五郎ってのは、どんな奴なんだい……」

半兵衛は訊いた。

「どんなって、同心の旦那の眼を盗んで裏で何をしているのか分からない狡っ辛い野郎ですよ」

店番の老婆は、長五郎が嫌いなのか、皺の多い顔を歪めて吐き棄てた。

「そうか。で、今日は顔を見たかな……」

半兵衛は苦笑し、尋ねた。

「そう云えば、今日は人相の悪い面、見掛けちゃあいないな……」

店番の老婆は首を捻った。

「見掛けちゃあいないか……」

「旦那……」

音次郎が路地から現れ、半兵衛に駆け寄って来た。

岡っ引の元鳥越の長五郎の家は、格子戸脇の小部屋と居間と座敷、廊下を挟んで台所と土間があった。

半兵衛は、音次郎に誘われて長五郎の家に入った。

「旦那、此方です」

台所と土間から半次の声がした。

半兵衛と音次郎は、台所と土間に向かった。

台所の板の間に若い男が、腹から血を流して倒れていた。

半次が傍らにしゃがみ込み、倒れている若い男を検めていた。

「下っ引の寅松です……」

音次郎は、下っ引の寅松を見定めた。

「やっぱりな。寅松、腹を刺されて死んでいますよ」

半次は、寅松の血塗れの腹の傷を示した。

「うん……」

半兵衛は、寅松の死体の強張りと板の間に広がっている血の乾き具合を検めた。

「死体の強張りと血の乾き具合から見て、刺されたのは昨夜だな」

半兵衛は睨んだ。

「昨夜……」

半次は眉をひそめた。

「うん。して、長五郎は……」

「家の中の何処にもいません」

半次は眉をひそめた。

「よし。じゃあ、家の中に寅松殺しに拘わる物か、変わった物がないか探してみよう」

半兵衛は、厳しい眼で家の中を見廻して居間に向かった。

「はい……」

半次と音次郎は続いた。

居間の縁起棚の三方に十手は置かれていなかった。

元鳥越の長五郎は、十手を持って出掛けているのだ。

半兵衛は、長火鉢を検めた。

長火鉢の抽斗に変わった物は入っておらず、鉄瓶の掛かった五徳の下の灰は固くなっていた。

半兵衛は、灰を仔細に検めた。

炭は埋み火にされぬまま、燃え尽きて固まっていた。

長五郎は、長火鉢の炭の始末をする間もなく、十手を持って出て行ったのかもしれない。

半兵衛は読んだ。

半次は、襖の向こうの座敷の押し入れや戸棚を検めていた。

音次郎は、玄関脇の小部屋を調べて戻って来た。

「入口脇の小部屋、寅松が暮らしていたようですが、此と云った変わった物はありませんでした」

音次郎は告げた。

「そうか……」

「旦那、戸棚の下にこんな木箱が入っていましたぜ……」

半次が座敷から幅が六寸、長さ一尺、深さ五寸程の古い木箱を持って来た。

「金箱のようだね」

半兵衛は眉をひそめた。

「ええ……」

半次は、古い木箱の蓋を開けた。

中には、破れた切り餅の包み紙があった。

「切り餅の包み紙です。やっぱり金箱ですね」

「うん……」

半兵衛は頷いた。

「中にあった金、寅松を殺した奴が盗んでいったんですかね」

音次郎は睨んだ。

「それとも、寅松が殺されたので、長五郎が持ち去ったのか……」

半兵衛は読んだ。

「入っていた金、箱一杯なら切り餅八つの二百両。半分の四つなら百両。何れにしろ岡っ引風情には似合わない大金ですよ」

半次は苦笑した。

苦笑の裏には、真っ当な金じゃあないと云う睨みがあった。

「うむ。同業の半次が云うのだから、間違いあるまい……」

半兵衛は、小さな笑みを浮かべた。

「で、どうしますか……」

半次は、半兵衛に尋ねた。

「うん。半次と音次郎は、長五郎の身辺を洗い、行方を追ってくれ。私は寅松の死体を片付けて水谷俊太郎を捜す」

半兵衛は、寅松殺しに北町奉行所臨時廻り同心の水谷俊太郎が絡んでいると睨んでいた。

「承知しました。じゃあ……」

半次は、音次郎を従えて出て行った。

「さあて……」

半兵衛は、血の臭いの微かに漂っている長五郎の家の中を見廻した。

半兵衛は、小さな煙草屋の店番の老婆に小粒を握らせ、長五郎の家の見張りを頼んだ。

「任せておきな旦那。長五郎の奴が戻って来たり、妙な奴が来たら、ちゃんと帳簿に付けておくよ」

老婆は、小粒を握り締めて頷いた。

「宜しく頼むよ」

半兵衛は笑った。そして、元鳥越町の自身番を訪れ、事の次第を告げて寅松の死体を湯灌場に運ぶように頼んだ。

自身番の者たちは驚き、慌てて動き出した。

半兵衛は、北町奉行所に向かった。

浅草広小路は、金龍山浅草寺の参拝客と盛り場に遊びに来た者で賑わっていた。

半次と音次郎は、浅草寺の東にある北馬道町に来た。

元鳥越の長五郎の縄張りは、北馬道町にある地廻り『聖天一家』の縄張りと殆ど重なっている。

「邪魔するぜ……」

半次と音次郎は、地廻り『聖天一家』の暖簾を潜った。

地廻り『聖天一家』の店土間は広く、長押には菱形に囲まれた聖の一字が書かれた提灯が並んでいた。

「へい。どちらさまにございますか……」

奥から三下が出て来た。

「聖天の元締はいるかな……」

「へ、へい……」

三下は、半次と音次郎に警戒の眼を向けた。

「じゃあ、本湊の半次が来たと、取り次いで貰おうか……」

半次は、苦笑しながら告げた。

「へ、へい。ちょいとお待ち下さい」

三下は、奥に戻って行った。

「親分、聖天の元締と知り合いなんですか……」

音次郎は、戸惑いを浮かべた。

「ああ。聖天の伊佐吉、若い頃、俺と同じ火消人足でな。一緒に火の粉を被った仲だ……」

半次は笑った。

綿入半纏を着た中年男が、三下と一緒に奥から出て来た。

「こりゃあ、半次の兄い……」

中年男は、半次を見て嬉しげに笑った。

「伊佐吉、達者だったかい……」

「はい。お蔭さまで、半次の兄いもお変わりなく。さあ、お上がり下さい」

地廻り『聖天一家』の元締伊佐吉は、半次と音次郎を居間に招いた。

「どうぞ……」

三下は、半次と音次郎に茶を出した。

「おう、すまないね。戴くよ」

半次は茶を啜った。

「それで半次の兄い。知らん顔の旦那もお変わりなく……」

「ああ。御達者だよ」

「そいつは良かった。で、今日、お見えになったのは……」

伊佐吉は、半次に探る眼を向けた。

「そいつなんだが伊佐吉。お前、岡っ引の元鳥越の長五郎を知っているな」

「そりゃあもう。縄張りが殆ど一緒ですからね。長五郎の親分がどうかしましたか……」

伊佐吉は眉をひそめた。

「ちょいとな。で、元鳥越の長五郎、どんな奴か、本当の処を聞きたくてな」

「本当の処ですか……」

「ああ……」

半次は、伊佐吉に笑い掛けた。

「正直云って裏表のある狡猾な野郎でしてね。十手を笠に着てお店から秘かに見ケ〆料を取ったり、金で事件を握り潰したり、見逃したり、そりゃあ嫌な野郎ですぜ」

伊佐吉は、顔を歪めて吐き棄てた。

「へえ、そんな野郎なのか……」

半次は眉をひそめた。

元鳥越の長五郎の裏の顔は、地廻りも嫌う程の悪党なのかもしれない。

半次は読んだ。

二

北町奉行所に戻った半兵衛は、吟味方与力の大久保忠左衛門の用部屋を訪れた。

「おお、どうした。呼ばれずとも来るとは珍しいな……」

忠左衛門は、書類を書いていた筆を置いた。

「少々お尋ねしたい事がありましてね」

「ほう。尋ねたい事か……」

「はい。臨時廻り同心の水谷俊太郎、今何か事件を追っているのですか……」

半兵衛は尋ねた。

「水谷俊太郎……」

忠左衛門は、戸惑いを浮かべた。

「ええ……」

「未だ詳しい報告を受けておらぬが、確か強請集りの一件を追っている筈だ」

「強請集り……」

半兵衛は眉をひそめた。

「半兵衛、水谷俊太郎がどうかしたのか……」

忠左衛門は、半兵衛に怪訝な視線を向けた。

「水谷の寅松って下っ引が殺されましてね」

半兵衛は告げた。

「下っ引が殺された……」

忠左衛門は、細い筋張った首を伸ばして驚いた。

「はい。して、水谷俊太郎の様子が……」

「怪しいのか……」

忠左衛門は、身を乗り出した。

「未だ何とも云えませんが、今朝は奉行所に姿を見せていないようです」

「そうか。で、半兵衛、どうする……」

「とにかく、何事も水谷に逢ってからです」

半兵衛は、小さな笑みを浮かべた。

「うむ。しかし、もし水谷が下っ引を殺していたなら……」

忠左衛門は、嗄(しゃが)れ声を引(ひ)き攣(つ)らせた。

「大久保さま、此(こ)の一件、余り騒ぎ立てず秘かに探索するのが上策かと……」

半兵衛は告げた。


浅草駒形堂(こまがたどう)は、蔵前通りと大川(おおかわ)の間にある。

半次と音次郎は、岡っ引の元鳥越の長五郎を知る者を捜し、その人柄と評判、立ち廻りそうな処を訊き歩いた。

長五郎の立ち廻りそうな処の一つに、おさわと云う名の女将(おかみ)の営(いとな)む小料理屋があった。

おさわの営む小料理屋『春駒(はるこま)』は駒形堂の裏にあり、長五郎が十手を翳(かざ)してしつこく言い寄っていた。

半次と音次郎は、駒形堂裏の小料理屋『春駒』を訪れた。

「親分、あそこですぜ……」

音次郎は、駒形堂の角から裏手にある小料理屋『春駒』を示した。

「ああ……」

小料理屋『春駒』は、片襷の年増が格子戸を開け放して掃除していた。

「あの年増が女将のおさわですかね……」

音次郎は、店の表の掃除を始めた片襷の年増を示した。

「きっとな……」

半次は頷いた。

おさわは、店の表の掃除をし、格子戸を拭いたりしていた。

「長五郎の親分、いるんですかね……」

音次郎は、小料理屋『春駒』を眺めた。

「さあて。おさわのあの様子を見る限りじゃあ、どうかな……」

半次は眉をひそめた。

「もし、長五郎の親分がいるとしたら、店を開けたりしませんか……」

音次郎は読んだ。

「うん。音次郎、ちょいと見張っててくれ。俺は半兵衛の旦那に報せてくるよ」

「合点です」

音次郎は頷いた。


半兵衛は、当番同心から水谷俊太郎の見廻り日誌を借りた。

強請集り……。

吟味方与力大久保忠左衛門は、水谷俊太郎が強請集りの一件を探索している筈だと半兵衛に告げた。

半兵衛は、水谷の見廻り日誌を十五日程遡って読んだ。

ない……。

十五日分の見廻り日誌には、〝強請集り〟の文字は一切書かれていなかった。

妙だ……。

探索をしている筈の強請集りの事件は、一切書き記されていないのだ。

水谷は、大久保忠左衛門に訊かれ、探索してもいない強請集りを咄嗟に告げたのかもしれない。

半兵衛は睨んだ。

もしそうだとしたら何故だ……。

何故、水谷俊太郎は嘘偽りを告げたのだ。

半兵衛の疑念は募った。

「して、水谷、今日は……」

半兵衛は、当番同心に尋ねた。

「そう云えば、今日は見掛けていませんね」

当番同心は眉をひそめた。

「見掛けなかった……」

「ええ……」

「そうか、やはり見掛けなかったか……」

水谷俊太郎は、北町奉行所に出仕していないのだ。

半兵衛は知った。

そして、水谷俊太郎が手札を渡していた岡っ引の元鳥越の長五郎が姿を消し、下っ引の寅松が殺された。

何がどうなっているのだ……。

半兵衛は、何かが秘かに動いているのを感じた。

よし……。

半兵衛は、八丁堀北島町（はっちょうぼりきたじまちょう）の水谷俊太郎の組屋敷に行ってみる事にした。

北町奉行所は、外濠（そとぼり）に架かっている呉服橋（ごふくばし）御門内にある。

半兵衛は、呉服橋を渡って日本橋（にほんばし）の通りに向かおうとした。

「半兵衛の旦那……」

半次が、外濠の堀端をやって来た。

「おう。長五郎、見付けたかい……」

半兵衛は迎えた。

「いいえ。そいつは未だなんですがね……」

「よし。話は歩きながら聞くよ」

「何方（どちら）に……」

「水谷の組屋敷だ」

「じゃあ……」

半兵衛と半次は、八丁堀北島町の水谷俊太郎の組屋敷に向かった。

八丁堀北島町の組屋敷街には、物売りの声が長閑に響いていた。

「して、長五郎が惚れているおさわの小料理屋は音次郎が見張っているんだな」

「はい……」

「それにしても、地廻り顔負けの岡っ引の上に金で事件を握り潰したり、見逃したりしていたとはな……」

半兵衛は眉をひそめた。

「ええ。長五郎の家にあった金箱、おそらくそいつで稼いだ金を入れていたんですよ」

半次は読んだ。

「うん……」

半兵衛と半次は、北島町の組屋敷街を進み、掘割に架かっている地蔵橋の袂に立ち止まった。

「あの組屋敷だ……」

半兵衛は、堀端にある組屋敷を眺めた。

「どうします」

「ちょいと覗いてみる……」

とにかく水谷俊太郎と逢うのが先決だ……。

半兵衛は、堀端にある水谷屋敷に向かった。

半次は続いた。


水谷屋敷は木戸門を閉めていた。

半次は、木戸門を叩いた。

「水谷さま。水谷の旦那……」

半次は、水谷屋敷に呼び掛けた。だが、誰の返事もなかった。

「お留守なんですかね……」

「うん……」

半兵衛は、静まり返っている水谷屋敷を眺めた。

「旦那。水谷の旦那、家族は御新造さまと小さなお子さんがいましたね」

「ああ……」

半兵衛は、木戸門を押した。

木戸門は開いた。

「旦那……」

半次は、半兵衛の出方を窺った。

「うん……」

半兵衛は、木戸門を入って玄関先に進んだ。

「水谷、白縫半兵衛だ。水谷……」

半兵衛は、玄関先から家の中に声を掛けた。

返事はやはりなかった。

「やっぱり、誰もいないんですかね……」

「私は庭に廻る。半次は勝手口から台所にな」

「はい……」

半兵衛と半次は二手に別れた。

庭は綺麗に手入れがされており、水谷俊太郎の妻志乃の人柄が窺われた。

半兵衛は、庭から母屋を眺めた。

母屋には雨戸の閉められた座敷が並び、人のいる気配は窺えなかった。

勝手口の板戸は開いた。

「御免なすって……」

半次は、開いた板戸から台所を覗いた。

台所は薄暗く、人気はなかった。

半次は、台所に入って土間の竈を覗いた。

竈の灰は冷たかった。

半次は、板の間の囲炉裏を検めた。

囲炉裏の灰は、盛り上がっていた。

半次は、灰の盛り上がりに掌を翳した。

掌は、仄かな温かさを感じた。

埋み火がされている……。

半次は見定めた。

「やはり、誰もいないか……」

半兵衛が勝手口から入って来た。

「ええ。御新造さま、お子さんを連れて出掛けているようですね」

「うん。座敷の雨戸も閉められているよ」

「水谷の旦那も一緒ですかね」

「さあ。そいつはどうかな」

「旦那。水谷の旦那、御新造さまとお子さんがいないのは、長五郎の野郎や寅松が殺された事に拘わりがあるんですかね」

「うむ。とにかく水谷俊太郎だ……」

半兵衛は眉をひそめた。

大川の流れに夕陽は映えた。

駒形堂裏の小料理屋『春駒』には、野菜や魚の棒手振り訪れていた。

音次郎は、駒形堂の陰から見張っていた。

女将のおさわは、棒手振りから野菜や魚を買って店に入ったままだった。

おそらく、客に出す料理の仕込みをしているのだ。

音次郎は読んだ。

おさわの様子や動きから見て、元鳥越の長五郎が小料理屋『春駒』にいるとは思えなかった。

だが、長五郎は夜になったら現れるかもしれない……。

音次郎は見張り続けた。

大川を行き交う船は明かりを灯(とも)し、流れを煌(きら)めかせ始めた。

「音次郎……」

半兵衛がやって来た。

「こりゃあ、旦那……」

「どうだ……」

半兵衛は、八丁堀の水谷屋敷を半次に任せて音次郎の許(もと)にやって来た。

「長五郎は未だ……」

音次郎は、半兵衛を迎えた。

「現れないか……」

「はい……」

音次郎は頷いた。

「そうか……」

半兵衛は、小料理屋『春駒』を眺めた。

小料理屋『春駒』に明かりが灯され、格子戸が開いた。

片襷の年増が現れた。

「長五郎が言い寄っている女将か……」

「ええ。おさわです」

おさわは暖簾を出し、軒行燈に火を灯した。

半兵衛は、軒行燈に火を灯すおさわを見守った。

「おさわか……」

「やあ、女将……」

羽織を着た年寄りがやって来た。

「此は御隠居さま、おいでなさいまし……」

羽織を着た年寄りは、馴染客の隠居なのだ。

「さあ、どうぞ……」

おさわは、隠居と店内に戻って行った。

「馴染客のようだな」

「はい……」

「女将のおさわを見る限り、長五郎が潜んでいる気配はないな」

半兵衛は読んだ。

「旦那もそう思いますか……」

「うん。それにしても女将のおさわ、長五郎のような奴に靡くような女とは思えぬな」

半兵衛は眉をひそめた。

「そう云われてみれば、そうですね」

音次郎は頷いた。

小料理屋『春駒』は、馴染らしい客が訪れて賑わい始めた。

掘割の澱みに月影は揺れた。

水谷屋敷には、日が暮れても明かりが灯されなかった。

水谷俊太郎は勿論、妻の志乃と幼い子も帰っては来ない。

半次は見張った。

地蔵橋の袂から男が足早にやって来た。

誰だ……。

半次は物陰に潜み、足早にやって来る男を見守った。

足早にやって来た男は、初老の下男風の男だった。

半次は見守った。

初老の下男風の男は、水谷屋敷の前に立ち止まって辺りを油断なく窺い、木戸門を潜った。

半次は、物陰から木戸門に走り、屋敷内を窺った。

初老の下男風の男は、戸口や勝手口の外から暗い屋敷内を窺っていた。そして、屋敷内に誰もいないと見定め、木戸門に戻った。

半次は、素早く物陰に隠れた。

初老の下男風の男は、水谷家と拘わりのある者なのか……。

半次は、初老の下男風の男の動きを読んだ。

初老の下男風の男は、水谷屋敷を出て堀端を地蔵橋に戻った。

行き先を見届ける……。

半次は、物陰を出て暗がり伝いに初老の下男風の男を追った。

初老の下男風の男は、地蔵橋の袂から組屋敷街を西に進み、楓川に向かった。

半次は追った。

掘割に魚が跳ね、広がる波紋が水面に映える月影を揺らした。

駒形堂裏の料理屋『春駒』からは、三味線の爪弾きと馴染客たちの愉しげな笑い声が洩れていた。

半兵衛と音次郎は見張り続けた。

半刻（一時間）が過ぎた。

総髪（そうはつ）の若い浪人が現れ、小料理屋『春駒』の前に佇（たたず）んだ。

「旦那……」

音次郎は眉をひそめた。

「うむ……」

半兵衛は、総髪の若い浪人を見守った。

若い浪人は、小料理屋『春駒』の店内の様子を窺った。

「店に入りもしないで、何をしてんですかね」

音次郎は眉をひそめた。

「うむ……」

半兵衛は、若い浪人を物陰から透（す）かし見た。

小料理屋『春駒』の馴染客の殆どは年寄りであり、若い者はいない。その辺りから見ると、若い浪人は、小料理屋『春駒』の馴染客ではないのだ。

半兵衛は読んだ。

ならば何者なのだ……。

半兵衛は、小料理屋『春駒』の様子を窺う若い浪人を見守った。
四半刻（三十分）が過ぎた。
小料理屋『春駒』の格子戸が開いた。
若い浪人は、素早く路地の暗がりに入った。
女将のおさわが、馴染客の隠居を送って出て来た。
「いつもありがとうございます。御隠居さま、お気を付けて……」
おさわは、帰る馴染客の隠居に頭を下げて見送った。
「うむ。じゃあ女将、又明日な……」
馴染客の隠居は、夜道を帰って行った。
女将のおさわは見送り、店の中に戻った。
若い浪人が路地から現れ、店の格子戸を閉める女将のおさわを見送った。
若い浪人は、女将のおさわに拘わりがある。
半兵衛は睨んだ。
若い浪人は、小さな吐息を洩らして小料理屋『春駒』の前から離れた。
未練を残している……。
半兵衛は、若い浪人の胸の内を読んだ。

若い浪人は、蔵前通りを南にある浅草御門の方に進んだ。

「音次郎、此処を頼む。私は奴を追ってみる」

「はい。お気を付けて……」

音次郎は、若い浪人を追って蔵前通りを行く半兵衛を見送った。


若い浪人は、蔵前の通りを進んで浅草御蔵に差し掛かった。

半兵衛は尾行た。

若い浪人は時々足取りを変え、それとなく周囲を窺っていた。

出来る……。

半兵衛は、若い浪人が剣の遣い手だと睨み、慎重に追った。

若い浪人は、元旅籠町一丁目の辻を西に曲がった。

此のまま進めば元鳥越町であり、岡っ引の長五郎の家がある。

ひょっとしたら……。

半兵衛は、若い浪人を尾行た。

若い浪人は、新堀川に架かっている小橋を渡って元鳥越町の外れに出た。

行き先は長五郎の家か……。

半兵衛は読んだ。
鳥越明神の本殿の屋根は、月明かりを浴びて淡く輝いていた。
若い浪人は、裏通りから路地に入った。そして、長五郎の家の前に佇んだ。
長五郎の家は暗く、人のいる気配は窺えなかった。
若い浪人は嘲笑を浮かべた。
半兵衛は、裏通りの小さな煙草屋の陰から見守った。

三

元鳥越町の夜空には、夜廻りの木戸番の打つ拍子木の音が響いた。
若い浪人は、路地にある長五郎の家の前に佇んでいた。
半兵衛は、小さな煙草屋の陰から裏通り越しに若い浪人を見守った。
若い浪人は、嘲笑を浮かべながら路地から裏通りに出た。
二人の浪人と遊び人風の男たちが追って路地から現れ、若い浪人を取り囲んだ。
半兵衛は眉をひそめた。

「結城右京だな……」

髭面の浪人は、若い浪人に尋ねた。

「長五郎に頼まれて待ち構えていたか……」

結城右京と呼ばれた若い浪人は、嘲笑を浮かべ続けた。

「黙れ……」

髭面の浪人は凄んだ。

もう一人の痩せた浪人が、結城右京に斬り掛かった。

結城右京は、踏み込みながら抜き打ちの一刀を放った。

痩せた浪人は、斜に斬り上げられて仰向けに倒れた。

「野郎……」

遊び人が匕首を構え、結城右京に突進した。

結城右京は、刀を袈裟懸けに斬り下げた。

遊び人は、肩口から腹に掛けて斬り下げられ、前のめりに倒れた。

一瞬の出来事だった。

見事な……。

半兵衛は眉をひそめた。

「長五郎は何処にいる……」

結城右京は、髭面の浪人に刀を突き付けて嘲笑を浮かべた。

「おのれ……」

髭面の浪人は後退りし、身を翻して逃げようとした。

結城右京は、地を蹴って髭面の浪人の背に鋭い一刀を浴びせた。

髭面の浪人は、背中を斬られ蹈鞴を踏んで倒れた。

結城右京は、倒れた髭面の浪人に刀を突き付けた。

「長五郎は何処だ……」

結城右京は、刀の鋒を髭面の浪人の喉元に突き付けた。

髭面の浪人は、恐怖に顔を醜く歪めて激しく震えた。

「云わぬか……」

結城右京は、髭面の浪人の喉元に突き付けた刀に力を込めた。

「そこ迄だ……」

半兵衛は、小さな煙草屋の陰から出た。

結城右京は、髭面の浪人の傍から大きく飛び退いて身を翻した。

半兵衛は追わず、倒れている髭面の浪人に駆け寄った。

髭面の浪人は、息を苦しく鳴らしていた。

「長五郎は何処にいる……」

半兵衛は尋ねた。

「し、知らぬ……」

「ならば、何処で繋ぎを取るのだ」

「や、柳森稲荷……」

髭面の浪人は、嗄れ声を引き攣らせた。

「柳森稲荷の飲み屋か……」

柳森稲荷は神田川沿いの柳原通りにあり、鳥居前の露店の奥に葦簀張りの飲み屋がある。

「ああ……」

半兵衛は読んだ。

髭面の浪人は、苦しげに頷いて眼を閉じた。

「よし、直ぐ医者を呼んでやる……」

半兵衛は、呼び子笛を吹き鳴らした。

呼び子笛の甲高い音が夜空に響いた。

木戸番や自身番の番人たちが、駆け付けて来た。

半兵衛は、医者を呼ぶように命じた。そして、二人の浪人と遊び人を鳥越明神に運んだ。

痩せた浪人は死んだが、遊び人と髭面の浪人は辛うじて命を取り留めた。

二人の浪人と遊び人は、長五郎に頼まれて結城右京を待ち伏せしていた。

となると、結城右京は下っ引の寅松を殺した者、長五郎に敵対している者の側にいる事になる。

長五郎と敵対する者とは誰なのだ……。

半兵衛は想いを巡らせた。

水谷俊太郎か……。

敵対する者は、長五郎の悪事を知った水谷俊太郎なのかもしれない。

半兵衛は読んだ。

だが、水谷俊太郎の人柄を思うと、考えられぬ事とも云える。

それにしても、水谷俊太郎は何処で何をしているのだ。

半兵衛は、微かな苛立ちを覚えた。

下谷御徒町の組屋敷街は、夜の静けさに覆われていた。

初老の下男風の男は、御徒町の通りを進んだ。そして、伊予国大洲藩江戸上屋敷の横手に並ぶ組屋敷の一軒に入った。

半次は、物陰から見届けた。

組屋敷の主は誰だ……。

初老の下男風の男は、水谷家とどのような拘わりのある者なのか……。

半次は、初老の下男風の男の入った組屋敷を眺めた。

東叡山寛永寺の鐘の音が夜空に響いた。

半兵衛は、組屋敷を訪れた半次と共に北町奉行所に向かった。

「それで、水谷屋敷を訪れた初老の下男、何者か分かったのか……」

半兵衛は、半次に尋ねた。

「いえ。何分にも武家地でしてね。詳しい事は今日……」

夜の武家屋敷街は、人通りも滅多になくて聞き込みは難しい。

半次は苦笑した。

「そうか……」

「で、旦那の方ですが……」

「うん。おさわの営む駒形堂裏の小料理屋春駒に現れた若い浪人、結城右京と云う名でね。長五郎の家に行き、待ち構えていた浪人たちを斬り棄てた……」

半兵衛は告げた。

「じゃあ、その結城右京と云う若い浪人……」

半次は、厳しさを滲ませた。

「うん。長五郎を下っ引の寅松のように殺そうとしているのかもしれない……」

半兵衛は読んだ。

「長五郎を……」

半次は眉をひそめた。

「うん……」

半兵衛は頷いた。

「寅松を殺した奴かもしれませんか……」

半次は、半兵衛の読みを確かめた。

「ま、仔細は長五郎に確かめてみるがね」

「長五郎、何処に……」

「分からぬが、結城右京に斬られた浪人共とは柳森稲荷で繋ぎを取っているそうだ。その辺りを当たってみるよ」

「分かりました。あっしは水谷屋敷に来た初老の下男の入った御徒町の屋敷と、水谷家との拘わりを突き止めます」

「うん……」

半兵衛と半次は、楓川に架かっている海賊橋を渡った。そして、半次は下谷御徒町に向かい、半兵衛は外濠に架かっている呉服橋御門内の北町奉行所に急いだ。

臨時廻り同心の水谷俊太郎は、北町奉行所に出仕していなかった。

「どうしたんですかね、水谷さん……」

当番同心は眉をひそめた。

「うむ……」

「で、岡っ引の元鳥越の長五郎たちも顔を出さないのですが、何かあったんですかね」

当番同心は首を捻った。

「さあてなあ……」

半兵衛は惚けた。

吟味方与力大久保忠左衛門の布いた箝口令は効いているようだ。

何れにしろ、水谷俊太郎は姿を消した。

何処で何をしているのか……。

妻の志乃や子供と一緒にいるのか……。

半兵衛は想いを巡らせ、何故か微かな不安を感じた。

下谷御徒町の組屋敷街は、忙しい出仕の時も過ぎて静けさを迎えていた。

半次は、伊予国大洲藩江戸上屋敷の横手にある組屋敷を眺めた。

昨夜、初老の下男風の男が入った組屋敷だ。

半次は、辺りを見廻して聞き込みの相手を捜した。

「兄い。何をしてんだい……」

大洲藩江戸上屋敷の周囲を掃除していた中間は、掃除の手を止めて半次に声を掛けて来た。

「やあ。大洲藩のお人かい……」

半次は苦笑した。

「ああ。あの屋敷に用でもあるのかい……」

中間は、初老の下男風の男が入った組屋敷を示した。

「何方（どなた）のお屋敷かな……」

半次は、中間に小粒を握らせた。

「あそこは小普請組（こぶしんぐみ）の森山宗兵衛（もりやまそうべえ）さまのお屋敷だぜ……」

中間は、小粒を握り締めて笑った。

「小普請組の森山宗兵衛さま……」

半次は念を押した。

「ああ。確か百五十石取りだと聞いたぜ」

「そうかい。で、森山屋敷には初老の下男がいるね」

「ああ。そいつは源造（げんぞう）さんだな……」

「源造さん……」

「うん。森山家の下男は源造さんの他には太助（たすけ）って若いのがいるだけだからな」

「そうか、源造さんか……」

昨夜、水谷屋敷に行った初老の下男風の男は、森山家の下男の源造に間違いない。

半次は見定めた。

「ああ……」

「処で森山家には、北町奉行所に拘わりのあるお人はいるのかな」

「北町奉行所……」

中間は眉をひそめた。

「ああ……」

「確かお嬢さんの嫁入り先が北町奉行所の役人の家だと聞いた覚えがあるよ」

「お嬢さんの嫁ぎ先……」

「うん。詳しくは知らないがね」

「そうかい……」

森山家は、水谷俊太郎の御新造志乃の実家だったのだ。

半次は知った。

森山家の下男の源造は、どうして水谷屋敷の様子を窺いに行ったのか……。

それは水谷家の異変を知っているからだ。

何故、知っているのだ……。

半次は、知っている理由を読んだ。

水谷の御新造の志乃は、幼い子供を連れて実家の森山家に戻っているのだ。

下男の源造は、志乃に頼まれて水谷俊太郎が八丁堀の組屋敷に戻っているかどうか見定めに行ったのかもしれない。

半次は睨んだ。

もし、そうだとすれば、志乃も夫の水谷俊太郎の行方を知らない……。

半次は気が付いた。


浅草駒形堂裏の小料理屋『春駒』は、格子戸を閉めて未だ眠っていた。

音次郎は見張り続けた。

「御苦労さん……」

半兵衛がやって来た。

「おはようございます。旦那……」

「どうだ……」

「現れませんでしたよ……」

昨夜、岡っ引の元鳥越の長五郎は、小料理屋『春駒』が暖簾を仕舞っても現れなかった。

「そうか……」

「で、旦那の方は……」

「うん。いろいろあったよ。ま、蕎麦でも食べながらな……」

半兵衛は、音次郎を蕎麦屋に伴った。そして、蕎麦を食べながら結城右京と水谷屋敷に現れた初老の下男の事を教えた。

神田川の流れは煌めいた。

柳原通りは多くの人が行き交っていた。

柳森稲荷は、神田八ツ小路(やこうじ)と和泉橋(いずみばし)の間にあった。

鳥居の前には、古着屋、古道具屋、七味唐辛子売りなどの露店が並び、奥に葦簀張りの飲み屋があった。

半兵衛は、古着屋の亭主に頼んで吊した古着の陰に腰掛け、葦簀張りの飲み屋を見張り始めた。

長五郎は、結城右京を待ち伏せした髭面の浪人たちと繋ぎを取りに現れる。

半兵衛は睨み、見張った。

水谷俊太郎は何処にいるのだ……。

若い浪人の結城右京とはどのような拘りなのだ……。

半兵衛は、想いを巡らせながら長五郎の現れるのを待った。

川風が吹き、吊された古着が一斉に揺れた。

「此処でしたか……」

半次が、吊された古着の陰にいる半兵衛の許にやって来た。

「おお、分かったようだね。初老の下男の素性……」

半兵衛は迎えた。

「ええ。下男の名前は源造。入った組屋敷の主は小普請組の森山宗兵衛さま……」

「小普請組の森山宗兵衛……」

「はい。水谷さまの御新造志乃さまの御実家でした」

半次は告げた。

「ほう。御新造の志乃どのの実家か……」

「はい。どうやら御新造さまと子供は、御実家に戻られているようです」

「うん。ならば下男の源造は、志乃どのに頼まれて水谷が組屋敷に戻っているかどうか見に行ったのかな」

「きっと……」

「そうか……」

「旦那、御新造さまも水谷さまが何処にいるのか御存知ないようですね」

「うむ……」

半兵衛は、半次の睨みに頷いた。

「旦那……」

古着屋の親父が、半兵衛に声を掛けた。

「なんだい……」

「元鳥越の長五郎が来ましたぜ」

古着屋の親父は告げた。

半兵衛と半次は、吊された古着の陰から覗いた。

元鳥越の長五郎が、背の高い浪人と一緒にやって来た。

「長五郎の奴、用心棒を連れていますぜ」

「うむ……」

半兵衛と半次は、長五郎と背の高い浪人を見守った。

長五郎と背の高い浪人は、古着屋の前を通り過ぎて葦簀張りの飲み屋に向かった。

「よし。半次は長五郎をな……」

半兵衛は命じた。

「承知……」

半次は頷き、十手を握り締めた。

「行くよ……」

半兵衛は、吊された古着の間から飛び出し、背の高い浪人を突き飛ばした。

背の高い浪人は、蹈鞴を踏んで長五郎から離れた。

長五郎が驚き、逃げようとした。

「待ちな、長五郎……」

半次は立ち塞がった。

長五郎は怯んだ。

背の高い浪人は、必死に態勢を立て直して刀を抜こうとした。

半兵衛は、刀の柄を握った手を十手で鋭く打ち据えた。

骨の折れる鈍い音が鳴った。

背の高い浪人は悲鳴をあげ、手を押さえて蹲った。

「大人しくしな、長五郎……」

半次は、逃げようと抗う長五郎を殴り飛ばした。

長五郎は、殴られても応戦せず、必死に逃げようとした。

半兵衛は、長五郎の行く手を遮った。

「知らん顔の旦那……」

長五郎は立ち竦んだ。

半次は、長五郎に飛び掛かってその場に押さえ付けた。そして、素早く捕り縄を打った。

「長五郎、下っ引の寅松が誰にどうして殺されたか、詳しく話して貰うよ」

半兵衛は、長五郎から十手を取り上げた。

長五郎は項垂れた。

半兵衛と半次は、長五郎と背の高い浪人を大番屋に引き立てた。

駒形堂裏の小料理屋『春駒』の格子戸が開いた。

音次郎は、駒形堂の陰から見守った。
女将のおさわは、店内の掃除を始めた。
大川沿いの道から総髪の若い浪人が現れた。
結城右京……。
音次郎は、若い浪人が結城右京だと気が付いた。
結城右京は立ち止まり、店の表を掃除するおさわを見詰めた。
何かする気なのか……。
音次郎は、緊張に喉を鳴らして見守った。
結城右京は微笑んだ。
えっ……。
音次郎は戸惑った。
結城右京は、掃除をする女将のおさわを見詰めて微笑んだのだ。
音次郎は、結城右京を見詰めた。
女将のおさわは、見詰める視線を感じたのか、掃除の手を止めて結城右京を見た。
結城右京は微笑みを消し、慌てて見詰める視線を外した。

女将のおさわは、仄かな笑みを浮かべて結城右京に会釈をした。

結城右京は、狼狽えたようにその場を離れ、足早に駒形堂に向かって来た。

音次郎は、素早く隠れた。

結城右京は、隠れた音次郎に気が付かずに足早に通り過ぎて行った。

どうする……。

音次郎は、結城右京を追うか、女将のおさわの見張りを続けるかどうか迷った。

だが、迷いは一瞬だった。

音次郎は、結城右京を追った。

蔵前通りは多くの人が行き交っていた。

結城右京は、蔵前通りを浅草広小路に向かっていた。

半兵衛の旦那の話じゃあ、結城右京はかなりの遣い手だ。

音次郎は、結城右京を慎重に尾行た。

結城右京は、女将のおさわを見て微笑んだ。しかし、怪訝に見返したおさわに声を掛けず、慌てて視線を外して足早にその場を離れた。

どう云う事だ……。

音次郎は、疑念を膨らませながら結城右京を尾行た。

四

大番屋の土間は冷え切っており、壁際に置かれた袖搦、突棒、刺股の三道具と笞や十露盤、抱き石などの責道具が置かれていた。

元鳥越の長五郎は、半次によって座敷の框に腰掛けている半兵衛の前に引き据えられた。

「長五郎、お前も十手を預かっていた身なら大番屋の吟味がどんなものか、良く知っているだろう」

半兵衛は笑い掛けた。

「は、はい……」

長五郎は、恐怖に顔を引き攣らせて頷いた。

「じゃあ長五郎、誰が下っ引の寅松を手に掛けたのか、水谷俊太郎はどうしたのか、仔細を話して貰おうか……」

半兵衛は、長五郎を厳しく見据えた。

「は、はい……」

長五郎は項垂れた。

「で、誰が寅松を殺めたんだい……」

半兵衛は尋ねた。

「右京です。結城右京って野良犬が殺ったのです」

長五郎は、嗄れ声を震わせた。

「野良犬……」

半兵衛は眉をひそめた。

「はい。腹を減らして倒れていたのを拾ってやった恩も忘れて、俺を殺そうとしやがり、止めに入った寅松を刺し殺しやがったんです」

長五郎は、悔しさと腹立たしさを交錯させて訴えた。

「長五郎、その結城右京、何故にお前を殺そうとしたのだ……」

半兵衛は訊いた。

「水谷の旦那ですぜ……」

長五郎は、顔を歪めて吐き棄てた。

「水谷……」

半兵衛は眉をひそめた。

「はい……」

「水谷俊太郎がどうかしたか……」

半兵衛は、厳しさを滲ませた。

「あっしの遣(や)り方(かた)が気に入らねえと云い出しましてね……」

長五郎は、腹立たしげに云い放った。

「水谷がか……」

「はい。で、十手を返上しろと。散々、あっしのお陰で手柄を立てて来たってのに。今更、冗談じゃありませんぜ……」

「十手、返上しなかったのか……」

「十手を返せば、只(ただ)のやくざな陸(ろく)でなし。勿論ですぜ……」

長五郎は、開き直ったように嘲(あざけ)りを浮かべた。

「長五郎、岡っ引を嘗(な)めるんじゃあねえ……」

半次は、怒りを浮かべた。

「半次、青臭いぜ……」

長五郎は嘲笑した。

「何……」

「半次……」

半兵衛は、半次を制した。

「はい……」

半次は、不服そうに退き下がった。

「で、長五郎、水谷がどうした」

「結城右京を云いくるめやがって……」

長五郎は、憎悪を露わにした。

「お前を殺すように仕向けたか……」

「ああ。汚ねえ真似しやがって……」

「で、お前は結城右京に襲われ、止めに入った寅松と争っている間に金を持って逃げたのだな……」

半兵衛は読んだ。

「ああ……」

「そして、結城右京が必ず殺しに来ると睨み、髭面の浪人たちを雇い、待ち伏せさせた……」

「ま、そんな処ですか……」

長五郎は、不貞不貞しく頷いた。

「だが、髭面の浪人たちは、結城右京に斬り棄てられたよ」

「そうですか……」

「して、長五郎、水谷俊太郎が何処にいるのか分かっているのか……」

半兵衛は尋ねた。

「きっと結城右京と一緒にいるんでしょうが。知らん顔の旦那、何処にいるか分かっていたら、一番先に始末していますよ」

長五郎は、薄笑いを浮かべた。

酷薄で残忍な薄笑いだった。

それで、水谷俊太郎は姿を隠し、妻子を実家に帰したのだ。

半兵衛は読んだ。

「よし、良く分かった。長五郎、そんなに十手を持っていたいのなら、十手持ちとしての厳しい仕置を受けるんだな」

「えっ……」

長五郎は、戸惑いを浮かべた。

「ま、それ迄、牢屋敷の大牢に入って貰うよ」

半兵衛は笑い掛けた。

「そ、そんな……」

長五郎は、顔色を変えて恐怖に震えた。

小伝馬町の牢屋敷の大牢には、岡っ引に恨みを持っている者が多い。その中に岡っ引が放り込まれると、嬲り者にされた挙げ句、濡れ紙で口と鼻を塞がれて殺されるのに決まっているのだ。

長五郎は、激しく震えた。

「長五郎、十手を使って甘い汁を吸った報いを受けるんだな……」

半兵衛は、長五郎を厳しく見据えて云い放った。

入谷には風が吹き抜け、田畑の緑が揺れていた。

結城右京は、浅草広小路から金龍山浅草寺の境内の西門を通り抜け、入谷の田畑に進んだ。

音次郎は、田舎道を行く結城右京を緑の畑の中から追った。

行き先は入谷……。

音次郎は、結城右京の行き先を読んだ。

結城右京は、落ち着いた足取りで入谷に進んだ。

音次郎は追った。


入谷鬼子母神の銀杏の木は、葉を風に鳴らしていた。

結城右京は、鬼子母神の横手を進んで古寺の山門を潜った。

音次郎は古寺に走り、山門の陰から境内を窺った。

結城右京は、境内を横切って古い本堂の裏手に廻って行った。

本堂の裏に家作でもあるのか……。

音次郎は、境内に誰もいないのを見定めて本堂の横に走った。そして、本堂の陰から裏を覗いた。

裏庭には小さな家作があり、既に結城右京はいなかった。

結城右京は小さな家作に入った……。

音次郎は見届けた。


元鳥越の長五郎を捕らえた限り、駒形堂裏の小料理屋『春駒』を見張る必要はない。

半兵衛は、長五郎を大番屋の牢に繋ぎ、半次と共に駒形堂裏の小料理屋『春駒』に向かった。

小料理屋『春駒』を見張っている筈の音次郎はいなかった。

「音次郎の奴、飯でも食いに行っているんですかね」

半次は、怪訝な面持ちで辺りを見廻した。

「うん……」

半兵衛は頷いた。

小料理屋『春駒』から女将のおさわが現れ、戸口に盛り塩をし始めた。

「旦那……」

「女将のおさわか……」

半兵衛は、結城右京が女将のおさわに未練を残しながら立ち去ったのを思い出した。

「半次、おさわにちょいと訊きたい事がある」

半兵衛は、盛り塩をしている女将のおさわの許に向かった。

半次は続いた。

「やあ。ちょいと尋ねるが……」

半兵衛は、おさわに笑い掛けた。

「はい。何でございますか……」

おさわは微笑んだ。

「岡っ引の元鳥越の長五郎、時々来ていたそうだね」

「は、はい……」

おさわは、僅かに眉をひそめた。

半兵衛は、おさわが長五郎を嫌っているのを見定めた。

「で、長五郎、その時、若い浪人を連れて来なかったかな……」

半兵衛は、長五郎が結城右京を連れて来たか尋ねた。

「若い浪人さんですか……」

「うん……」

「一度ですか、お連れになりましたよ」

おさわは、微かな緊張を滲ませた。

「連れて来たか……」

「はい……」

おさわは頷いた。

「で、その後、若い浪人は来ちゃあいないんだね」

半兵衛は念を押した。

「は、はい。ですが、お店にはお見えになりませんが、今日は店の表に……」

おさわは、戸惑った面持ちで告げた。

「店の表に来ていたのかい……」

「はい。店先の掃除をしていた時に。それで御挨拶をしたのですが、黙って行ってしまいました」

「黙って行ってしまった……」

半兵衛は眉をひそめた。

「旦那、音次郎は……」

半次は、緊張を滲ませた。

「うん。おそらく結城右京を追って行ったのだろう」

半兵衛は睨んだ。

「はい。で、女将さん、若い浪人はどっちに行きましたか……」

半次は尋ねた。

「確か浅草広小路の方だと思いますが……」

おさわは、浅草広小路の方を眺めた。

「そうか。いや、造作を掛けたね」

「いいえ……」

「それから女将、長五郎はお縄になったよ」

「お縄に……」

おさわは、思わず微笑んだ。

「ああ。邪魔したね」

半兵衛と半次は、おさわに礼を云って蔵前通りに立ち去った。


浅草広小路は賑わっていた。

音次郎は、結城右京を追って何処に行ったのか……。

半兵衛と半次は、賑わっている浅草広小路を見廻した。

北に進んで花川戸や今戸に行ったのか、それとも西の下谷に向かったか、それとも東にある吾妻橋で隅田川を渡って本所に進んだのか……。

半兵衛と半次は、どっちを捜すか迷った。

「こりゃあ、半次の兄いと半兵衛の旦那じゃありませんか……」

地廻りの聖天一家の元締の伊佐吉が、三下を従えて浅草寺からやって来た。

「おう。伊佐吉……」

「半兵衛の旦那、お久し振りです」

伊佐吉は、半兵衛に挨拶をした。

「やあ。伊佐吉、達者にしていたかい」

半兵衛は微笑んだ。

「はい。お蔭さまで……」

「そうだ伊佐吉。音次郎を見掛けなかったかな……」

半次は尋ねた。

「音次郎……」

「ああ。総髪の若い浪人を追って此方に来た筈なんだが……」

「音次郎ねえ……」

伊佐吉は眉をひそめた。

「元締、音次郎さんって、此の前、親分さんと一緒に店に来たお人ですかい
……」

三下が告げた。

「ああ。見掛けたのか……」

伊佐吉は尋ねた。

「はい。浅草寺の境内を抜けて西門の方に行きましたよ」

三下は告げた。

「音次郎に間違いないか……」

半次は訊いた。

「はい」

三下は頷いた。

「旦那……」

「うん。浅草寺の西門を出たとなると、行き先は入谷だな……」

半兵衛は読んだ。

「はい」

「助かったよ……」

半兵衛は、伊佐吉と三下に笑い掛けた。

「いえ。御役に立てて何よりです」

伊佐吉は笑った。

半兵衛は、伊佐吉と三下に礼を云って半次と共に浅草寺に向かった。

浅草寺境内の西門を出て、田畑の中の田舎道を西に進めば入谷になる。

半兵衛と半次は急いだ。

古寺『良慶寺』には墓参りに来る者もいなく、静かな寺だった。

音次郎は、山門前の物陰に潜んで見張った。

あれから結城右京が出て来る事はなかった。

結城右京は、本堂裏の家作で暮らしているのだ。

音次郎は読んだ。

四半刻が過ぎた頃、鬼子母神横の道を着流しの武士がやって来た。

見覚えがある顔……。

音次郎は、咄嗟に物陰に隠れた。

着流しの武士は、物陰に潜む音次郎の前を通って古寺『良慶寺』の境内に入って行った。

水谷の旦那……。

音次郎は戸惑った。

着流しの武士は、北町奉行所臨時廻り同心の水谷俊太郎だった。

音次郎は、古寺『良慶寺』の山門に走った。

水谷は、本堂の裏手に廻って行った。

音次郎は、山門の陰から見届けた。

水谷の旦那は、結城右京と連んでいるのかもしれない……。

音次郎は読んだ。

本堂の裏庭に忍び込み、家作にいる筈の水谷の旦那と結城右京の拘わりを見定めるか……。

音次郎は迷った。

「音次郎……」

半次と半兵衛が駆け寄って来た。

「親分、旦那……」

音次郎は、満面に安堵を浮かべた。

「結城右京、此の寺にいるのか……」

半次は尋ねた。

「はい。本堂の裏の家作に……」

「そうか……」

「それから今、水谷の旦那が……」

音次郎は告げた。

「水谷が……」

半兵衛は眉をひそめた。

「はい……」

音次郎は頷いた。

「旦那……」

「そうか。水谷俊太郎、此の寺の家作に潜んでいたのか……」

半兵衛は、古寺『良慶寺』を眺めた。

古寺『良慶寺』の本堂裏から男の怒声があがった。

半兵衛、半次、音次郎は、古寺『良慶寺』の境内を覗いた。

着流しの水谷俊太郎が、肩を赤い血に染めて本堂の裏から出て来て倒れた。そして、血に濡れた刀を持った結城右京が追って境内に現れた。

半兵衛は境内に走った。

半次と音次郎は続いた。


水谷俊太郎は、倒れながらも必死に後退りをして逃れようとした。

結城右京は、忿怒の形相で水谷に迫った。

半兵衛は駆け寄り、水谷を庇うように結城の前に立った。

結城は立ち止まり、水谷は驚いた。

「は、半兵衛さん……」

「捜したよ、水谷……」

半兵衛は、結城を見据えて告げた。

「はい……」

水谷は、恥じるかのように俯いた。

半次と音次郎は、水谷に駆け寄った。

「結城右京、何故、水谷を斬った……」

半兵衛は、結城を厳しく見据えた。

「騙したからだ。俺を騙したからだ……」

結城は、怒りに声を震わせた。

「騙した……」

半兵衛は眉をひそめた。

「ああ。水谷は長五郎が春駒の女将さんを手込めにして、金蔓にしようとしている。だから、女将さんの為に長五郎を斬り棄てろと俺に云ったんだ……」

結城は、激しく息を乱した。

やはり惚れている……。

半兵衛は、結城が小料理屋『春駒』の女将のおさわに惚れているのを見定めた。

「それで、長五郎の命を狙って襲い、止めに入った寅松を殺したか……」

「ああ……」

「で、逃げた長五郎を捜していた……」

半兵衛は読んだ。

「そうだ。その通りだ。だけど、長五郎が女将さんを手込めにして金蔓にしようってのは嘘だったんだ……」

「嘘……」

半兵衛は眉をひそめた。

「ああ。俺に長五郎を斬らせようと企んだ水谷の嘘だった。水谷は俺を騙したんだ」

結城は、憎悪を露わにした。

「水谷……」

半兵衛は、水谷を振り返った。

「半兵衛さん、私は長五郎が金で事件を握り潰したり、下手人を逃がしたりしているのを知り、愕然としました。だが、事を公にすれば、私もお咎めは免れません。それで……」

水谷は、保身に走った。

「結城を騙し、長五郎を斬り棄てるように仕向けたか……」

半兵衛は読んだ。

「はい。ですが寅松が死に、長五郎は逃げた。事を闇に葬る企ては不首尾に終わりました」

水谷は、自嘲の笑みを浮かべた。

「結城、どうして水谷に騙されたのを知ったのだ」

半兵衛は、結城に尋ねた。

「水谷が云ったんだ。何もかも嘘だ。俺はお前を騙した。もう此迄だ。だから早々に江戸から立ち去れと……」

　結城は怒鳴った。

「水谷……」

　半兵衛は、水谷がどうして結城に事実を報せたか知りたかった。

「半兵衛さん、半兵衛さんが長五郎をお縄にしたと聞きましてね。もう此迄だと気付きました。ですから結城に逃げろと云ったのです。ですが騙されたと怒り狂い、此の態です」

　水谷は苦笑した。

「おのれ、水谷。邪魔だ、退け……」

　結城は、半兵衛に猛然と斬り掛かった。

　半兵衛は、僅かに腰を沈めて抜き打ちの一刀を放った。

　閃光が走った。

　結城は、血に濡れた刀を構えたまま凍て付いた。

　半兵衛は、残心の構えを取った。

　結城は、腹から胸元を斬られて血を滲ませて横倒しに斃れた。

半次が駆け寄り、結城右京の死を見届けた。

「旦那……」

半兵衛は頷き、刀に拭いを掛けて鞘に納めた。

見事な田宮流抜刀術だった。

「さあて水谷俊太郎。先ずは傷を治せ。話はそれからゆっくり聞かせて貰う」

半兵衛は、水谷を厳しく見据えた。

「半兵衛さん……」

水谷は項垂れた。


下っ引の寅松を殺し、岡っ引の元鳥越の長五郎の命を狙った結城右京は死んだ。

長五郎は、十手の威光で商家から金を脅し取り、金を貰っては事件を握り潰したり下手人を逃がしたりの悪事を重ねていた。

大久保忠左衛門は激怒し、長五郎を死罪に処した。

半兵衛は、傷の癒えた水谷俊太郎を調べた。

水谷俊太郎は、長五郎の悪事を知り、岡っ引にしていた己の責任の重さに愕然とした。そして、小料理屋『春駒』の女将おさわに惚れている結城右京を騙して利用し、長五郎を闇の彼方に葬ろうとした。だが、水谷俊太郎の企ては失敗したのだ。

半兵衛は、水谷に御役御免を願い出て責めを取るように勧めた。

「半兵衛さん……」

水谷俊太郎は、深々と頭を垂れて半兵衛の温情に感謝した。

「ま、此の一件に関して私の出来る知らん顔は、此ぐらいだ……」

半兵衛は、淋しげに笑った。

第二話　再縁話

一

北町奉行所には、朝から様々な人が訪れていた。

「じゃあ、顔を出して直ぐ戻るから、此処で待っていてくれ」

臨時廻り同心の白縫半兵衛は、岡っ引の本湊の半次と下っ引の音次郎を表門脇の腰掛に待たせ、同心詰所に向かった。

「大久保さまに見付からずに戻れると良いんですがね……」

音次郎は、同心詰所に入って行く半兵衛を心配そうに見送った。

「ああ。旦那も何かと頼りにされて大変だ」

半次は苦笑した。

「おお、半次に音次郎ではないか……」

吟味方与力の大久保忠左衛門が、下男を従えて出仕して来た。

「こ、こりゃあ、大久保さま……」

半次と音次郎は、慌てて挨拶をした。

「半次と音次郎が腰掛にいるからには、半兵衛は同心詰所だな」

忠左衛門は、細い筋張った首を伸ばして笑い掛けた。

「は、はい……」

半次と音次郎は頷いた。

「よし。ならば儂も此処で待とう。藤助、先に用部屋に行き、茶を淹れて待っておれ」

「えっ……」

忠左衛門は、下男の藤助を先に行くように命じ、腰掛に座った。

半次と音次郎は、思わず顔を見合わせた。

「半次、音次郎、近頃、半兵衛はどうだ……」

忠左衛門は笑い掛けた。

「は、はい。何がでしょうか……」

半次は緊張した。

「うむ。おなごだ……」

忠左衛門は声を潜めた。

「おなご……」

半次と音次郎は、戸惑いを浮かべた。

「左様。今、半兵衛と良い仲のおなご、付き合っている女性はいるのかな」

忠左衛門は、秘密めかして小声で尋ねた。

「いえ。あっし共の知る限り、そのような女の方はおいでになりませんが……」

半次は眉をひそめた。

音次郎は傍で頷いた。

「そうか。良い仲のおなごはおらぬか……」

忠左衛門は、細い首を伸ばして満足そうに頷いた。

「はい……」

半次と音次郎は、戸惑いを浮かべて顔を見合わせた。

「おう、待たせたな……」

半兵衛が同心詰所からやって来た。

「旦那……」

半次は、慌てて忠左衛門が一緒にいるのを報せようとした。

「ついていたぞ。珍しく大久保さまは未だだった……」

半兵衛は笑った。

半次と音次郎は、思わず眼を瞑った。

「うん。儂がどうした……」

忠左衛門が腰掛から立ち上がった。

「あっ……」

半兵衛は、忠左衛門がいるのに気が付いて慌てて作り笑いを浮かべた。

「待ち兼ねたぞ、半兵衛……」

「は、はい。おはようございます」

又、面倒な事を押し付けられる……。

半兵衛は覚悟した。

「して、大久保さま。私に何か……」

「うむ。他でもない半兵衛……」

忠左衛門は、細い筋張った首を伸ばして笑った。

妖しく不気味な笑みだった。

「は、はい……」

半兵衛は緊張した。

「おぬし、後添えを貰わないか……」

忠左衛門は、半兵衛に笑い掛けた。

「後添え……」

半兵衛は驚いた。

半次と音次郎は、思わず顔を見合わせた。

「如何にも。相手は大店の出戻りで、三十代半ば過ぎの年増だが、穏やかで気立ての良いおなごだそうだ。で、此がおなごの吊り書だ」

忠左衛門は、懐から折り畳んだ紙を出して半兵衛に押し付けた。

「は、はあ……」

「ま、顔を見て、その気になったら報せてくれ。儂が見合いの段取りを付ける。良いな」

「大久保さま……」

「半兵衛、おぬしも良い歳になった。看取ってくれるのが、半次と音次郎だけでは淋し過ぎるぞ……」

忠左衛門は鼻水を啜った。

「大久保さま……」

半兵衛は戸惑った。

「半兵衛、良く考えるのだな……」

忠左衛門は、奉行所に入って行った。

半兵衛は、渡された吊り書を手にして見送った。

女の名は澄江。三十七歳。実家は日本橋室町三丁目の茶道具屋『香風堂』。二十歳の時、木挽町の呉服屋『京屋』の主の清兵衛に嫁いだ。そして、澄江が三十五歳の時、清兵衛は長患いの挙げ句に死んだ。子供のいない澄江は、実家に戻って今日に至っている。

半兵衛は、澄江の吊り書を読んだ。

「実家は、室町の茶道具屋の香風堂なんですか……」

半次と音次郎は、澄江の実家である茶道具屋『香風堂』を知っていた。

「うん。知っているのか……」

「はい。茶人や粋人に知れ渡った名高い老舗ですからね」

半次は頷いた。

「でも、香風堂に澄江さまのような方がいるとは聞いた事がありませんでしたね」

音次郎は首を捻った。

「ああ。どうです旦那、香風堂に行ってみますか……」

半次は、半兵衛を誘った。

「う、うむ……」

半兵衛は、曖昧に頷いた。

「どうかしましたか……」

半次は、半兵衛に怪訝な眼を向けた。

「いや。何でもない……」

半兵衛は、忠左衛門の言葉が気になってならなかった。

――おぬしも良い歳になった。看取ってくれるのが、半次と音次郎だけでは淋し過ぎるぞ……。

半兵衛は苦笑した。

「旦那……」

「よし。香風堂に行ってみるか……」

半兵衛は、半次や音次郎と室町の茶道具屋『香風堂』に向かった。

茶道具屋『香風堂』は、格式の高い老舗らしく店先に何枚もの御用達（ごようたし）の看板を掲げ、茶の湯の宗匠（そうしょう）や武家の隠居らしい客が出入りしていた。

「茶道具屋ってのは、あっしたちには縁遠くて近寄り難い店ですね」

半次は苦笑した。

「うん……」

半兵衛は頷いた。そして、斜向（はすむ）かいの路地に縞（しま）の半纏（はんてん）を着た男がいるのに気が付いた。

半兵衛は、縞の半纏を着た男を窺（うかが）った。

縞の半纏を着た男は、茶道具屋『香風堂』を眺（なが）めていた。

見張っているのか……。

半兵衛は眉をひそめた。

音次郎が、茶道具屋『香風堂』の脇の道から駆け寄って来た。

「旦那、親分。香風堂の小僧にそれとなく探りを入れたのですが、澄江さま、どうも香風堂にはいないようですよ」

音次郎は告げた。

「そうか……」

「澄江さま、何処かにある香風堂の持ち家にでもいるかもしれませんね」

半次は読んだ。

「うん……」

半兵衛は頷いた。

風呂敷包みを抱えた若い女が茶道具屋『香風堂』から現れ、足早に神田八ツ小路に向かった。

縞の半纏の男は斜向かいの路地を出て、風呂敷包みを抱えた若い女を追った。

「半次、音次郎……」

「はい……」

「縞の半纏を着た男が、香風堂から出て来た風呂敷包みを抱えた若い女を追った。ちょいと追ってみるよ」

半兵衛は、縞の半纏の男を追った。

「は、はい。音次郎……」

半次は、戸惑いながらも音次郎を促して半兵衛に続いた。

神田八ツ小路には、多くの人が行き交っていた。

縞の半纏を着た男は、神田川に架かっている昌平橋に向かった。

半兵衛は、半次や音次郎と共に追った。

「音次郎、縞の半纏の男の前には、風呂敷包みを抱えた若い女がいる筈だ。先に行って直に尾行て行き先を見届けてくれ」

半兵衛は命じた。

「合点です。じゃあ……」

音次郎は、軽い足取りで前に出て縞の半纏の男と並ぶように昌平橋を渡って行った。

半兵衛と半次は、縞の半纏の男を追って昌平橋に急いだ。

昌平橋を渡ると明神下の通りに出る。

音次郎は、明神下の通りを行く縞の半纏の男の前に出た。

風呂敷包みを抱えた若い女の後ろ姿が、不忍池に続く明神下の通りに見えた。

あの女だ……。

音次郎は、何気ない足取りで風呂敷包みを抱えた若い女を尾行た。

若い女は、明神下の通りから不忍池に向かった。

音次郎は追った。


縞の半纏の男は、風呂敷包みを抱えた若い女を追って不忍池に行こうとした。

「ちょいと待ちな……」

半兵衛は、縞の半纏を着た男を背後から呼び止めた。

縞の半纏を着た男は、怪訝な面持ちで振り返った。

「やあ……」

半兵衛は、半纏を着た男に近付いた。

「こりゃあ、旦那……」

縞の半纏の男は、半兵衛の巻羽織を見て緊張を過ぎらせた。

「名前、何て云うんだい……」

半兵衛は笑い掛けた。

「えっ、旦那……」

縞の半纏の男は、警戒を露わにした。

「うん。背丈は五尺四寸ぐらいで縞の半纏を着た三十歳前後。万吉って名のこそ泥に良く似ていてね」

半兵衛は鎌を掛けた。

「こそ泥だなんて冗談じゃありませんよ。あっしは甚八って者です」

甚八は狼狽えた。

「ほう、甚八ねえ。出鱈目云って惚けようって魂胆なら大番屋に来て貰うよ」

半兵衛は、面白そうに笑った。

「旦那、勘弁して下さいよ。あっしは本当に甚八です」

甚八は泣きを入れた。

「そうか、ま、良いだろう。甚八、こそ泥の万吉に間違われないようにせいぜい気を付けるんだね。行っていいよ」

半兵衛は放免した。

「はい。じゃあ御免なすって……」

縞の半纏を着た甚八は、半兵衛に頭を下げて既に姿の見えない風呂敷包みを抱えた若い女を捜し、不忍池に急いだ。

「じゃあ旦那……」

半次が現れた。

「ああ、名前は甚八だ」

「承知……」

半次は、甚八を追った。

半兵衛は見送った。


不忍池の中ノ島弁財天は参拝客で賑わっていた。

風呂敷包みを抱えた若い女は、不忍池の畔から下谷広小路を抜け、仁王門前町と中ノ島弁財天に続く道の前を通り、谷中に進んだ。

音次郎は追った。

谷中に出た若い女は、八軒町から天王寺門前に出て芋坂に向かった。

芋坂を下ると、石神井用水が流れる根岸の里だ。

行き先は根岸か……。

音次郎は読んだ。

不忍池は煌めいた。

風呂敷包みを抱えた若い女の姿は、不忍池の畔の何処にも見えなかった。
「くそ……」
甚八は、腹立たしげに小石を蹴飛ばした。
小石は、不忍池に飛び込んで水面の煌めきを揺らした。
で、此(これ)からどうする……。
半次は苦笑し、木陰に潜んで見守った。
甚八の行き先を見届け、仲間がいるのかどうか突き止める。
そして、何を企(たくら)んでいるのか……。
それが、半兵衛に命じられた事だった。
半次は、甚八を見張った。
甚八は、踵(きびす)を返して不忍池の畔から離れた。
半次は追った。

根岸の里には石神井用水が流れ、水鶏(くいな)の鳴き声が響いていた。
風呂敷包みを抱えた若い女は、石神井用水沿いの小径(こみち)を進んだ。
音次郎は慎重に尾行た。

若い女は、石神井用水沿いの小径を進み、高い垣根の廻された家の木戸門を潜った。

音次郎は見届けた。

高い垣根の廻された家は、敷地内の庭や母屋の様子が良く窺えなかった。

そして、高い垣根の外には小径があり、石神井用水が流れ、その向こうに時雨の岡があった。

時雨の岡には御行の松があり、その根元には不動尊のお堂があった。

音次郎は、時雨の岡に上がって御行の松の下の不動尊のお堂に手を合わせ、高い垣根に囲まれた家をそれとなく窺った。

高い垣根に囲まれた家の広い縁側と庭の一部が僅かに見えた。

陽差しの溢れた広い縁側には、棒台を置いて飾り結びを作る年増と、風呂敷包みを差し出しながら何事か告げている若い女がいた。

飾り結びを作る年増と風呂敷包みを差し出す若い女……。

音次郎は、不動尊のお堂の陰から見守った。

若い女は、室町の茶道具屋『香風堂』からやって来た。となると、茶道具屋

『香風堂』と何らかの拘わりがあるのかもしれない。

拘わりは年増にもあるのか……。

音次郎は、それとなく窺い続けた。

年増は、飾り結びを作る道具を片付けて奥に入った。

若い女は、風呂敷包みを持って続いた。

広い縁側には、溢れる陽差しの輝きだけが残った。

ひょっとしたら……。

音次郎は、年増と若い女がどのような者たちか聞き込む事にした。


本郷御弓町の武家屋敷街には、物売りの声が長閑に響いていた。

縞の半纏を着た甚八は、不忍池の畔から湯島天神裏の切通しを抜け、本郷御弓町にやって来た。

半次は、慎重に尾行て来た。

甚八は、旗本御家人の屋敷の連なる武家屋敷街を進んだ。そして、或る屋敷の表門脇の潜り戸を叩いた。

潜り戸が開き、中年の下男が顔を見せて甚八を招き入れた。

甚八は、素早く潜り戸を入った。

中年の下男は、辺りを警戒の眼差しで見廻して潜り戸を閉めた。

半次は見届けた。

誰の屋敷なのだ……。

半次は、甚八の入った旗本屋敷の主が誰か突き止めようと、辺りに聞き込みの相手を捜した。


茶道具屋『香風堂』は、格式の高い老舗として繁盛していた。

主の三代目蒼悦は四十歳過ぎであり、妻子や年寄りの大番頭を始めとした多くの奉公人を抱えていた。

店の顧客には、大名や大身旗本から茶之湯の宗匠や大店の娘などがいた。

出戻りの澄江は、そんな茶道具屋『香風堂』三代目主の蒼悦の妹であり、やはり茶之湯を嗜んでいた。

半兵衛は、それとなく茶道具屋『香風堂』を調べ始めた。

二

蕎麦屋の窓の外には、人の行き交う通り越しに茶道具屋『香風堂』が見えた。

半兵衛は、蕎麦を食べ終えて茶を啜った。

蕎麦屋の亭主が、茶を注ぎ足してくれた。

「すまないね。向かいの茶道具屋の香風堂、中々の繁盛だな」

半兵衛は、亭主に声を掛けた。

「そりゃあもう旦那、何と云っても御用達の金看板を何枚も掲げた老舗ですからね。それに三代目の蒼悦旦那も商い上手の遣り手。ま、鬼に金棒って奴ですよ」

亭主は、羨ましそうに笑った。

「ほう。ならば香風堂、順風満帆、行く末に憂いなしだな」

「ええ。ま、香風堂で強いて憂いを探すなら蒼悦旦那の出戻りの妹さんの行く末ぐらいですか……」

亭主は、己の言葉に頷いた。

出戻りの妹さんとは、半兵衛の見合い相手の澄江の事だ。

「ほう。蒼悦には出戻りの妹がいるのか……」

半兵衛は惚けて訊いた。

「ええ。尤も出戻りの妹さん、店にはいないようですがね」

「いない……」

澄江は、やはり室町の茶道具屋『香風堂』にはいないのだ。

「ええ。お付きの女中と他で暮らしているって話ですよ」

「その他ってのは、何処かな」

「さあ、そこ迄は……」

亭主は、出戻りの澄江が何処で暮らしているのか迄は知らなかった。

「そうか。処で主の蒼悦が商売上手の遣り手なら、同業の者に妬まれたり羨ましがられて、足を引っ張られるような事はないのかな」

半兵衛は尋ねた。

「そりゃあ旦那、世の中にはいろんな馬鹿がおりますからね。何処かの馬鹿が由緒正しき希代の名品と高値で売ろうとした茶碗を蒼悦旦那に贋物だと見破られ、騙りの罪でお縄になった奴がいましてね。恨まれるなんて事もあるんでしょうね」

亭主は眉をひそめた。

「ほう、そんな事があったのか……」

半兵衛は知らなかった。それは、おそらく南町奉行所の月番の時の事なのだ。

「ええ……」

亭主は頷いた。

茶道具屋『香風堂』三代目蒼悦は、かつて希代の名品との触れ込みで持ち込まれた茶碗を贋物だと見抜き、高値で売ろうとしていた者が騙りの罪で捕らえられた事があった。

その時、恨みを買ったのかもしれない……。

半兵衛は知った。

囲炉裏の火は燃え上がり、鳥鍋の底を包んでいた。

半兵衛は、半次と音次郎が戻るのを待って囲炉裏に鳥鍋を掛け、酒を飲み始めた。

「して、音次郎、若い女はどうした……」

半兵衛は、酒を飲みながら尋ねた。

「はい。根岸の里は時雨の岡の下にある家に行きました」

音次郎は、酒の入った湯呑茶碗を置いた。

「根岸の里か……」

「はい。で、近くに住んでいる者にそれとなく訊いたのですが、若い女の名はお、い、しん。お師匠さまと呼ばれている年増と一緒に暮らしている女中だそうでした」

半兵衛は眉をひそめた。

「ひょっとしら澄江さんかもしれませんが、未だ分かりません。必ず突き止めます……」

音次郎は告げた。

「そうか、頼む。で、半次、甚八はあれから何処に行ったのだ……」

「そいつが、本郷は御弓町の旗本屋敷に……」

半次は告げた。

「旗本屋敷……」

「はい。小普請組(こぶしんぐみ)の北島祐馬(きたじまゆうま)って方の屋敷でした」

「北島祐馬……」

半兵衛は、厳しさを過(よ)ぎらせた。

「はい。両親は既に亡くなって家族はなく、中年の藤兵衛って下男と暮らしています」

「して、どんな奴なんだい。北島祐馬……」

「背の高い二十歳代半ばの男だそうでしてね。子供の時から剣術や学問に励み、亡くなった両親は行く末を楽しみにしていたとか。ですが、両親が亡くなると直ぐに遊び歩くようになった……」

半次は眉をひそめた。

「両親が亡くなると直ぐにねえ……」

「ええ。本性を現したって処なのかもしれません。ま、甚八とどんな拘わりなのか、遊び仲間にどんな奴がいるのか。そして、甚八がどうしておしんを尾行たのか。ちょいと調べてみますか……」

「そうだな……」

半兵衛は頷いた。

鳥鍋が湯気を噴き上げた。

「旦那、親分、鳥鍋が出来ましたよ」

音次郎は、鳥鍋を椀に盛って半兵衛と半次に差し出した。

「さあ、どうぞ……」

「うむ……」

音次郎は、続いて己の椀に鳥鍋を大盛りに装って、美味そうに食べ始めた。

「それで、茶道具屋香風堂三代目主の蒼悦だが、ひょっとしたら恨みを買っているかもしれない……」

半兵衛は、鳥鍋を食べて酒を飲んだ。

「恨みを買っている……」

半次は、緊張を滲ませた。

「うむ。名のある高価な茶碗を贋物だと見破ってね。売ろうとした者は騙り者としてお縄になった」

「じゃあ、その時にお縄になった騙り者に拘わりのある奴が、香風堂の蒼悦旦那を恨んでいますか……」

半次は読んだ。

「かもしれないって処だね……」

半兵衛は酒を飲んだ。

「それにしても旦那、お見合いはどうするんですか……」

半次は、真顔で尋ねた。

「ま、こいつも見合いの下調べのようなもんだよ」

半兵衛は苦笑し、鳥鍋を食べて酒を飲んだ。

神田川に架かっている柳橋の袂に船宿『笹舟』はある。

「御免……」

半兵衛は、船宿『笹舟』の暖簾を潜った。

「いらっしゃいませ……」

女将のおまきが現れた。

「あら、白縫さま……」

「やあ、女将。柳橋の親分、いるかな……」

半兵衛は尋ねた。

「はい。どうぞ、お上がり下さい」

おまきは、半兵衛を笑顔で迎えた。

船宿『笹舟』の亭主の弥平次は、南町奉行所吟味方与力の秋山久蔵から手札を貰っている岡っ引であり、半兵衛や半次たちとも昵懇の間柄だった。

「室町の香風堂蒼悦の旦那が茶碗を贋物だと見抜き、騙り者をお縄にした件ですか……」

弥平次は眉をひそめた。

「うん。覚えちゃあいないかな……」

「いいえ。あっしたちはその一件に拘(かか)わっちゃあいませんでしたが、覚えていますよ」

弥平次は笑った。

「そいつは良かった……」

「ありゃあ三年前でしたか。千利休(せんのりきゅう)って茶之湯の神様が作った古茶碗を、香風堂蒼悦の許に持ち込んだ目利(めき)きがいましてね」

「その千利休の古茶碗、値は……」

「確か三百両ですか……」

「三百両……」

半兵衛は驚いた。

「ええ。それで蒼悦旦那が……」

「贋物と見破ったか……」

「ええ。それで古茶碗を売り付けようとした目利きはお縄になったんですよ」

「その目利きの名は……」

「確か何とか東斉(とうさい)って野郎でしたよ」

弥平次は首を捻った。

「何とか東斉か……」

半兵衛は眉をひそめた。

「ええ……」

「して、どのような素性(すじょう)の奴だったのだ」

「それが、何人かの仲間がいるようでしたが、吟味で厳しく責められ、口を割る前に死にましてね」

「死んだ……」

「ええ。どうも心の臓(しんのぞう)が弱かったようでしてね。同心の旦那の厳しい責めに耐えられなかったって処ですよ」

「ならば仲間の事は……」

「一切、分からず仕舞いですよ」

「そうか……」

死んだ東斉の仲間は、自分たちの悪事を棚に上げ、贋物だと見破った『香風堂』蒼悦を恨み、何かを企んでいるのかもしれない。

半兵衛は読んだ。

「で、半兵衛の旦那、三年前の騙りの一件が何か……」

弥平次は、半兵衛に笑い掛けた。

「いや。そいつが未だ。何の事件にもなってはいなくてね」

半兵衛は苦笑した。

根岸の里、石神井用水のせせらぎは煌めいていた。

音次郎は、時雨の岡に上がった。そして、御行の松の陰から高い垣根に囲まれた家を眺めた。

高い垣根に囲まれた家の庭と広い縁側には、年増や女中おしんの姿はなかった。

奥にいるのかもしれない……。

音次郎は、不動尊のお堂の陰に座って見張り始めた。

僅かな刻が過ぎた。
音次郎は見張った。
女中のおしんが広い縁側に現れた。
音次郎は、不動尊のお堂の陰から見守った。
おしんは、広い縁側の雨戸を閉め始めた。
やがて、広い縁側は雨戸で覆われた。
出掛けるのか……。
音次郎は、緊張を微かに覚えた。
高い垣根の木戸門が開き、年増と風呂敷包みを抱えたおしんが現れた。
音次郎は見守った。
年増とおしんは、石神井用水沿いの小径を谷中に向かった。
何処に行くのだ……。
音次郎は、時雨の岡を下りた。

本郷御弓町の旗本屋敷街は、人通りも少なく静かだった。
半次は、北島屋敷を眺めた。

北島屋敷は表門を閉めていた。

半次は、辺りを見廻した。

大きな荷を背負った行商の小間物屋が、斜向かいの旗本屋敷の裏手から出て来た。

半次は、呼び止めて駆け寄った。


「北島祐馬さまですか……」

小間物屋は眉をひそめた。

「ああ。どんな人か知っているか……」

半次は、十手を見せて尋ねた。

「親分さん、北島さまのお屋敷には女の方がいないので、小間物屋のあっしは出入りしちゃあおりませんでしてね……」

小間物屋は、困惑を浮かべながらもその眼を狡猾に光らせた。

「そうか……」

半次は、小間物屋に素早く小粒を握らせた。

「此奴は親分さん、すみませんね」

小間物屋は、小粒を握り締めて笑った。

「噂や評判、何でも良いぜ……」

半次は苦笑した。

「そう云えば親分さん、いつでしたか、北島さまを見掛けましてね」

「何処で……」

「湯島天神の盛り場で……」

「飲み屋の酒代でも踏み倒していたかい……」

半次は読んだ。

「いえ。その逆ですぜ」

小間物屋は、首を横に振った。

「逆……」

半次は戸惑った。

「ええ。逆に酒代を踏み倒そうって旗本の若い侍たちを打ちのめして、金を払わせていましたぜ」

小間物屋は笑った。

「へえ、そいつは本当かい」

半次は戸惑った。

「ええ……」

「その時、北島さまは一人だったのか……」

「いえ。甚八って遊び人と一緒でしたよ」

「甚八ねえ……」

「ええ……」

「甚八ってのはどんな奴なんだい」

「元々は骨董品屋に奉公していた野郎でしてね。三年前に奉公先の旦那が死んで骨董品屋が潰れ、それ以来、正業に就かずふらふらしている野郎ですぜ」

「三年前に旦那が死んで潰れた骨董品屋の奉公人……」

半次は眉をひそめた。

三年前……。

半次は、三年前に旦那が死んで潰れた骨董品屋が気になった。

半兵衛は、北町奉行所に戻った。

「ああ。半兵衛さん。今、大久保さまが来ましてね。戻ったら直ぐ用部屋に来いと……」

当番同心が告げた。

「大久保さまが……」

「ええ。室町の茶道具屋香風堂の旦那が来ていましてね。何か話があるようですよ」

「香風堂の旦那……」

茶道具屋『香風堂』三代目蒼悦が来ているのだ。

さあて、何の話なのか……。

「よし……」

半兵衛は、忠左衛門の用部屋に向かった。

「おう。来たか、半兵衛……」

大久保忠左衛門は、細い筋張った首を伸ばして半兵衛を迎えた。

「お呼びだそうで……」

「うむ、ま、入るが良い」

忠左衛門は、半兵衛を用部屋に招いた。

羽織を着た恰幅の良い四十男がおり、微笑みを浮かべて半兵衛に会釈をした。

茶道具屋『香風堂』三代目蒼悦……。

半兵衛は読み、会釈を返して座った。

「半兵衛、此方は室町の茶道具屋香風堂の主蒼悦どのだ。蒼悦どの、此なる者が白縫半兵衛……」

忠左衛門は引き合わせた。

「白縫さまにございますか、手前が香風堂主の蒼悦にございます」

蒼悦は、親しげな笑みを浮かべた。

妹の再婚話の相手……。

親しげな笑みの裏には、そうした思いが潜んでいるようだ。

「私は白縫半兵衛……」

半兵衛は頷いた。

「して、大久保さま、御用とは……」

半兵衛は、忠左衛門に向き直った。

「う、うむ。実はな半兵衛、蒼悦どのに脅し文が届いたそうだ……」

忠左衛門は、細い首を引き攣らせた。

「脅し文……」

半兵衛は、蒼悦を見詰めた。

「はい。此にございます」

蒼悦は頷き、懐から一通の書状を取り出して半兵衛に差し出した。

「見せて貰うよ」

半兵衛は、書状を読み始めた。

書状には、本物の茶碗を贋物だと騒ぎ立て、持ち込んだ者を騙りの罪で町奉行所に捕らえさせた悪巧み、死んだ東斉の恨みは、必ず晴らすと書いてあった。

三年前の千利休の茶碗を巡る騙りの一件の事だ……。

「面白い……」

半兵衛は笑った。

「左様にございます。まるで絵草紙に書かれた嘘八百、面白い筋立にございます」

蒼悦は苦笑した。

「しかし、恨みを晴らすと書かれている限り、面白いだけでは済まぬぞ、半兵衛……」

忠左衛門は眉をひそめた。

「はい。して、蒼悦どの、脅し文に書かれている騙りの一件。如何なのですかな……」

半兵衛は訊いた。

「茶碗は最初から贋物の騙り。この一件、決して悪巧みなどではございません」

蒼悦は、嘲りを浮かべた。

嘲りは、遣り手と称される者に良くある自信に満ち溢れたものだ。

「そうですか……」

「はい……」

「ならば、東斉とは……」

半兵衛は、質問を続けた。

「贋茶碗を持ち込んだ骨董品屋の主にございまして、騙りの吟味の途中、心の臓の発作で死んだとか……」

蒼悦は眉をひそめた。

「ほう。その東斉の骨董品屋、何て屋号で何処にあったのですかな……」

半兵衛は、蒼悦に笑い掛けた。

「確か河童堂と云う屋号の骨董品屋で、店は薬研堀の傍にあった筈です」

蒼悦は告げた。

「薬研堀の傍の河童堂……」

「はい……」

「半兵衛、おぬしと蒼悦どのは、ひょっとしたらひょっとする仲だ。力になってやるが良い……」

忠左衛門は、半兵衛に引き攣ったような不気味な笑顔を見せた。

「心得ました」

半兵衛は苦笑した。

不忍池中ノ島の弁財天は、参拝客で賑わっていた。

年増とおしんは、弁財天に手を合わせて池の中道を通って不忍池の畔に戻った。

音次郎は見守った。

年増とおしんは、仁王門前町から下谷広小路に進んだ。

音次郎は尾行た。

年増とおしんは下谷広小路に進み、上野北大門町の前で立ち止まった。

音次郎は見守った。

年増は、おしんに何事かを告げて、一人で上野北大門町に入って行った。

おしんは頭を下げて見送り、近くにある甘味処に入って行った。

音次郎は、年増を足早に追った。

三

年増は、上野北大門町の裏通りに進み、路地に入った。

路地の奥には井戸があり、数軒の小さな家が取り囲むようにあった。

年増は、小さな家の一軒に入った。

音次郎は見届けた。

「なんだい、あんた……」

音次郎は、背後からの声に振り返った。

初老の肥ったおかみさんが、音次郎を胡散臭そうに見詰めていた。

「やあ……」

音次郎は、懐の十手を見せた。

「あら、ま……」

初老のおかみさんは戸惑った。

「おかみさん、あの家は誰の家だい……」

音次郎は、年増の入った家を示した。

「あそこは卯之吉さんの家だよ」

「卯之吉さん……」

「ああ……」

「生業はなんだい……」

「飾り結びの職人だよ」

「飾り結び……」

飾り結びとは、几帳や御簾、厨子や手箱などの調度類を綺麗に結ぶ紐であり、茶之湯の道具を仕舞う箱、帯や羽織や被布などにも使われていた。

「じゃあ、飾り結び職人の卯之吉さんか……」

音次郎は念を押した。

「ええ。腕の良い職人でね。名のある茶道具屋や呉服屋のお抱えですよ」

「そうか。それで今、落ち着いた年増が入って行ったんだが、誰か分かるかな……」

「ああ、その人ならきっと飾り紐の弟子の澄江さんだよ……」

「弟子の澄江さん……」

音次郎は、漸く年増の名前を知った。

根岸の里の年増は、やはり茶道具屋『香風堂』の出戻りで、半兵衛と再婚話のある澄江だった。

音次郎は知った。

本郷御弓町の北島屋敷の潜り戸が開いた。

半次は、物陰に身を潜めた。

背の高い着流しの武士が、中年の下男に見送られて潜り戸から出て来た。

北島祐馬……。

半次は見定めた。

北島祐馬は、中年の下男に見送られて本郷の通りに向かった。

半次は、北島祐馬を追った。

半刻（一時間）が過ぎた。

澄江は、飾り結び職人の卯之吉の家から出て来る事はなかった。

女中のおしんを待たせ、一人で卯之吉の家を訪れて何をしているのか……。

澄江が卯之吉の弟子ならば、新しい飾り結びでも教わっているのかもしれない。

音次郎は、想いを巡らせた。

卯之吉の家の戸が開いた。

音次郎は、物陰から見守った。

澄江が、実直そうな中年男と出て来た。

飾り結び職人の卯之吉……。

音次郎は見定めた。

澄江は、卯之吉に深々と頭を下げて来た道を戻り始めた。

卯之吉は佇み、いつ迄も見送った。

家に戻るのを待っていたら見失う……。

音次郎は、何気ない素振(そぶ)りで物陰を出て澄江を追った。

澄江は、下谷広小路に出た。そして、甘味処で待っていた女中のおしんと落ち合った。

澄江とおしんは、笑顔で言葉を交わして三橋に進んだ。

音次郎は追った。

澄江とおしんは、三橋を渡って不忍池の畔の仁王門前町に向かった。

仁王門前町を過ぎ、不忍池中ノ島弁財天に行く池の中道の前の通りを尚も進むと、谷中であり根岸の里になる。

澄江とおしんは根岸の里に帰る……。

音次郎は睨み、後を尾行た。

神田川に架かっている昌平橋には、多くの人が行き交っていた。

北島祐馬は、昌平橋を渡って八ツ小路に進み、神田須田町から日本橋に向かった。

半次は慎重に追った。

北島は、落ち着いた足取りで油断なく進んでいた。

行き先は、室町の茶道具屋『香風堂』なのかもしれない……。

半次は読んだ。

薬研堀は、両国広小路（りょうごく）の南にあって大川に繋（つな）がっている。

半兵衛は、薬研堀の傍にある米沢町（よねざわちょう）三丁目の自身番を訪れた。

「邪魔するよ」

「此（これ）は白縫さま……」

自身番に詰めている家主、店番、番人たちは、半兵衛を迎えた。

「やあ、ちょいと訊きたい事があってね」

「何でしょうか……」

家主は、店番や番人と顔を見合わせた。

「うん。三年前迄、薬研堀の傍に河童堂って骨董品屋があったそうだね」

半兵衛は尋ねた。

「は、はい……」

「その河童堂の主は東斉と云う男だね」

「左様にございますが……」

家主は眉をひそめた。

「白縫さま、河童堂の東斉は三年前、騙りを働いた罪でお縄になり、お調べの途中で……」

店番は、声を潜めて告げた。

「心の臓の発作で死んだそうだね」

「はい……」

店番は頷いた。

「して、河童堂の東斉、どんな奴だったのかな……」

半兵衛は、番人が出してくれた茶を飲んだ。

「どんなと云われても……」

店番は、困惑を浮かべた。

「騙りを働くような悪党だったのかな……」

「いいえ。そんな悪党って程の者ではありません。強いて云えば、悪戯好きの洒落者って処ですか……」

店番は告げた。

「悪戯好きの洒落者……」

半兵衛は眉をひそめた。

「ええ。偉そうにしている御武家さまや大店の旦那に悪戯を仕掛けて笑い者にする洒落好きですよ」

「ほう。そんな奴なのか……」

「はい……」

「ならば、三年前の茶道具屋香風堂に仕掛けた騙りってのは……」

「本当の処は分かりませんが、河童堂の東斉、商売上手の遣り手だと専ら(もっぱ)の噂の蒼悦旦那の目利きの力を試し、鼻を明かして笑い者にしようって魂胆だったのかもしれません」

店番は読んだ。

「だが、蒼悦は東斉の持ち込んだ茶碗を贋物だと目利きし、騙りだと南町奉行所に訴え出たか……」

「はい。きっと……」

店番は頷いた。

『河童堂』東斉が、偉そうな者を嫌う悪戯好きの洒落者ならあり得るかもしれない。そして、『香風堂』蒼悦は、東斉の魂胆を見抜いて南町奉行所に騙りだと訴え出たのかもしれない。

東斉より蒼悦が一枚上手だった……。

半兵衛は睨んだ。

「白縫さま……」

「うむ。処で河童堂の東斉に遊び仲間はいたのかな……」

「さあ、善さん、何か知っているかい……」

店番は、番人に訊いた。

「はい。河童堂には若いお侍が良く出入りしていましてね。奉公人の甚八と三人でいろいろ遊んでいたようですよ」

番人は告げた。

「奉公人の甚八……」

「はい……」

「そうか。甚八は、河童堂の奉公人だったのか……」

半兵衛は、甚八の素性を知った。そして、良く出入りしていた若い侍を北島祐馬だと睨んだ。

茶道具屋『香風堂』蒼悦に脅し文を投げ込んだのは、北島祐馬と甚八なのだ。

北島祐馬と甚八は、三年前に騙り者として死んだ『河童堂』東斉の恨みを晴らそうとしているのだ。しかし、如何に悪戯の洒落でしたのかもしれないが、東斉が『香風堂』蒼悦に仕掛けた事は、騙りに間違いはないのだ。

蒼悦を恨むのは筋違いだ……。

半兵衛は、『河童堂』東斉の軽率さを哀れんだ。

それにしても、『香風堂』蒼悦は、東斉の仕掛けを悪戯だと気付かなかったのか……。

半兵衛は想いを巡らせた。

蒼悦は、本当に東斉が騙りを仕掛けて来たと思ったのか……。

それとも、悪戯だと気が付きながら知らぬ振りをしたのか……。

半兵衛は気になった。

茶道具屋『香風堂』には馴染客が訪れ、茶碗や茶筅、棗などを慎重に吟味していた。

北島祐馬は、斜向かいの店の軒下に佇んで眺めていた。

半次は見守った。

茶道具屋『香風堂』の裏手から甚八が現れ、北島の許に駆け寄って来た。

甚八だ……。

半次は、茶道具屋『香風堂』を見ながら言葉を交わす北島と甚八を見守った。

北島は、懐から手紙を出して甚八に渡した。

甚八は、手紙を懐に入れて茶道具屋『香風堂』に向かった。

北島は見送った。

半次は、物陰で見守った。

僅かな刻が過ぎた。

甚八が茶道具屋『香風堂』から現れ、北島の許に進んだ。

北島と甚八は、茶道具屋『香風堂』を一瞥してその場を離れ、日本橋の通りを神田八ツ小路に向かった。

半次は尾行た。

茶道具屋『香風堂』から出て来た甚八の手や懐に手紙はなかった。

甚八は、北島から渡された手紙を茶道具屋『香風堂』に届けたのだ。

手紙には何が書かれていたのか……。

半次は、北島と甚八を追った。

薬研堀の傍にあった骨董品屋『河童堂』は、既に一膳飯屋になっていた。

半兵衛は、近所に住む者たちに『河童堂』東斉の人柄を訊き歩き、大川と薬研堀を結ぶ処に架かる小橋に佇んだ。

大川には様々な船が行き交っていた。

半兵衛は眺めた。

悪戯好きの洒落者……。

東斉の人柄は、誰に訊いても自身番の者たちの云う通りだった。そして、目利きを気取る数寄者（すきもの）に名のある古美術の贋物を売り付けては、笑い者にしていた。そいつを蒼悦に逆手（さかて）に取られ、騙り者に仕立てあげられて死んでいった。

身から出た錆（さび）か……。

何れ（いず）にしろ『河童堂』東斉がどのような者か分かった。

となると、仲間の旗本北島祐馬と甚八も同じような人柄なのかもしれない。

半兵衛は読んだ。

そして、北島祐馬と甚八は茶道具屋『香風堂』蒼悦を恨み、何らかの仕返しを企てているのだ。

企てとは何か……。

おしんや根岸の里に住んでいる年増が絡んでいるのか……。

半兵衛は、甚八がおしんを追っていたのを思い出した。

甚八は、おしんの行き先を突き止めてどうするつもりだったのだ。

根岸の里の年増に用があるのか……。

大川は流れを西日に煌めかせた。

半兵衛は、眼を細めて大川の流れを眺めた。


風が吹き抜け、不忍池に小波（さざなみ）が走った。

北島祐馬と甚八は、不忍池界隈（かいわい）の町の木戸番に何事かを訊いて歩いていた。

何を尋ね歩いているのか……。

半次は見守った。

北島と甚八は、何事かを聞き込みながら下谷広小路に近付いていた。

「奴ら、何を訊いて行ったのかな……」

半次は、北島と甚八が聞き込みを掛けた木戸番に懐の十手を見せた。

「はい。此の界隈に澄江って年増とおしんって娘が暮らしていないかと……」

木戸番は、戸惑いを浮かべた。

「澄江って年増とおしん……」

半次は知った。

甚八は、半兵衛に邪魔をされておしんを見失った不忍池界隈で、北島と共に澄江とおしんを捜しているのだ。

半次は知った。

北島と甚八は、どうして澄江とおしんを捜すのか……。

半次は、疑念を募らせた。


半兵衛は北町奉行所に戻った。

「旦那……」

音次郎が待っていた。

「おう。根岸の里の年増、誰か分かったようだね」

半兵衛は、音次郎が戻って待っていた理由を読んだ。

「はい……」

音次郎は頷いた。

「私と再婚話のある茶道具屋香風堂の出戻り、澄江だったかな……」

半兵衛は読んだ。

「はい……」

音次郎は、半兵衛の読みに頷いた。

「やはりね……」

半兵衛は微笑んだ。

根岸の里の年増は、茶道具屋『香風堂』の出戻りの澄江だった。

「それから旦那、澄江さんは上野北大門町の裏通りにある卯之吉って飾り結び職人の家に行きました」

音次郎は告げた。

「ほう。飾り結び職人の卯之吉の家に……」

「ええ……」

「一人でか……」

「えっ、ええ。女中のおしんを甘味処に待たせて……」

音次郎は、云い難そうに告げた。

「そうか。御苦労だったね」

半兵衛は苦笑した。

おしんを尾行た甚八は、澄江に用があったのだ。

半兵衛は睨んだ。

どんな用なのか……。

半兵衛は気になった。

「よし。音次郎、ちょいと出掛けるよ」

半兵衛は、音次郎を促した。

「根岸の里ですか……」

音次郎は読んだ。

「いや、木挽町の呉服屋京屋だよ」

半兵衛は笑った。

外濠は夕陽に染まった。

半兵衛は、音次郎を従えて外濠沿いを南に向かった。

外濠沿いの道には、下城する武士が行き交っていた。

半兵衛と音次郎は、鍛冶橋御門外を通って京橋川に架かっている比丘尼橋を渡り、西紺屋町の辻を東に曲がった。そして、弓町を抜けて尚も進み、三十間堀に架かっている紀伊国橋を渡った。

　木挽町一丁目だ。

　呉服屋『京屋』は、木挽町一丁目の南の外れにあった。

「邪魔するよ……」

　半兵衛と音次郎は、呉服屋『京屋』の暖簾を潜った。

　呉服屋『京屋』は、澄江が嫁いだ清兵衛が病死した後、弟の清次郎が継いでいた。

　半兵衛は、大番頭を呼んだ。

「手前が大番頭の清蔵にございます」

　白髪の小さな髷の年寄りが、半兵衛と音次郎の前に現れた。

「清蔵か。私は北町奉行所臨時廻り同心の白縫半兵衛、此方は音次郎……」

「はい。それで白縫さま、御用とは……」

　清蔵は白髪眉をひそめた。

「うん。清蔵。前の旦那のお内儀の澄江の事だが……」

「お内儀の澄江さまが何か……」

　清蔵は、不安を滲ませた。

「他でもない。お内儀の澄江、実家の兄貴の香風堂蒼悦とはどんな風だったかな……」

半兵衛は尋ねた。

「香風堂の蒼悦さまと……」

「ああ。兄妹仲はどうなんだ……」

「兄妹仲ですか……」

「うん。正直な処を教えてくれないかな……」

半兵衛は笑い掛けた。

「は、はい。澄江さまは、蒼悦さまを嫌っておりました」

清蔵は、躊躇(ためら)いがちに半兵衛に告げた。

「やはりな……」

半兵衛は、己の睨み通りだったのに小さな笑みを浮かべた。

「やはり……」

「ああ。して、澄江は蒼悦のどんな処を嫌っていたのかな」

「はい。強引で優しさがなく、執念深く、他人の弱味に付け込み、平気で陥(おとしい)れる。澄江さまは、蒼悦さまのそんな処が大嫌いだと仰(おっしゃ)っていました」

清蔵は、思い出しながら答えた。

「ほう。そんな事をね……」

「はい……」

「して、具体的な事は云っていなかったかな」

「はい。いつでしたか、蒼悦さまはからかわれたのを根に持ち、相手を陥れたと、仰っておりましたが……」

「成る程……」

澄江が云っていた事は、骨董品屋『河童堂』東斉を騙り者としてお上に訴え出た一件なのだ。

澄江は蒼悦の企みを知っている……。

半兵衛の勘が囁いた。

「白縫さま……」

大番頭の清蔵は、心配そうに老顔を歪めた。

「心配するな清蔵。澄江が罪を犯した訳じゃあない……」

半兵衛は微笑んだ。

四

囲炉裏の火は揺れた。

半兵衛、半次、音次郎は、野菜入りの雑炊を食べて酒を飲んでいた。

「じゃあ、旗本の北島祐馬と甚八は、澄江を捜しているのか……」

半兵衛は眉をひそめた。

「はい。何の為かはわかりませんが、おそらく間違いないでしょう」

半次は頷いた。

「そうか……」

「北島と甚八、澄江さんを見付けてどうするつもりなんですかね」

音次郎は首を捻った。

「そいつなんだが、澄江は河童堂東斉が香風堂蒼悦に仕掛けた騙りの一件の真相を知っているようだ。北島と甚八は、澄江からそいつを聞き出そうとしているのかもしれない」

半兵衛は読んだ。

「じゃあ、北島と甚八の蒼悦脅しは……」

半次は眉をひそめた。

「うん。おそらく東斉が嵌められたのを証明する為だろう」

半兵衛は睨んだ。

「ですが、澄江は蒼悦の実の妹、北島や甚八に騙りの真相を云いますかね……」

半次は首を捻った。

「半次、澄江は蒼悦を嫌っており、兄妹仲は良くないそうだよ」

半兵衛は苦笑した。

「そうなんですか……」

「うむ。して、半次。北島と甚八、今日も蒼悦に脅し文を届けたのだな」

半兵衛は念を押した。

「おそらく……」

半次は頷いた。

「そうか……」

半兵衛は、笑みを浮かべて酒を飲んだ。

囲炉裏の火は燃え上がり、壁に映っている半兵衛の影を揺らした。

茶道具屋『香風堂』の庭は広く、鹿威しの甲高い音が響いていた。

日本橋通りに面している店の庭とは思えぬ静けさだ……。

半兵衛は、通された奥座敷で出された茶を啜った。

「お待たせ致しました……」

主の蒼悦は、笑みを浮かべてやって来た。

「やあ。急に申し訳ありませんな」

「いいえ。して、御用とは……」

「他でもない。昨日、脅し文が届いた筈だが、何と云って来たのですかな」

半兵衛は笑い掛けた。

「えっ……」

蒼悦は、半兵衛が知っているのに戸惑った。

「宜しければ、昨日届いた脅し文、見せて戴けますかな……」

半兵衛は、笑みを浮かべて蒼悦を見据えた。

そこには、再婚話を喜んでいる欠片も窺えなく、同心としての鋭さだけしかなかった。

「は、はい……」

蒼悦は、懐から一通の手紙を出した。

「拝見します」

半兵衛は、手紙を開いて読み始めた。

手紙には、三年前の『河童堂』東斉の騙りの一件は、自分が捏ち上げたものだと、町奉行所に自訴しなければ、確かな証拠を天下に晒すと書かれていた。

半兵衛は読み終えた。

「私が捏ち上げたなどと、馬鹿な事を……」

蒼悦は吐き棄てた。

「書かれている確かな証拠ってのに心当たりは……」

半兵衛は、蒼悦を見詰めた。

「心当たりなどある筈がありません。捏ち上げなどしちゃあいないのですから……」

蒼悦は苦笑した。

「そうですか。いや、造作を掛けました。ならば此で……」

半兵衛は、蒼悦に頭を下げて立ち上がった。

半兵衛は、茶道具屋『香風堂』を後にして神田八ツ小路に向かった。

「旦那……」

音次郎が現れ、半兵衛の背後に続いた。

「やあ……」

「如何でした」

「北島と甚八は、東斉の騙りを捏ち上げた確かな証拠があると、脅して来たよ」

半兵衛は、歩きながら告げた。

「確かな証拠ですか……」

音次郎は眉をひそめた。

「うん……」

「ほんとうですかね。確かな証拠なんて……」

「そうだな。もし確かな証拠があるなら、そいつを持ってさっさと町奉行所に訴え出れば良い。だが、それをしないって事は……」

半兵衛は読んだ。

「確かな証拠はありませんか……」

「きっとね。だが、それなりの証拠はあるのかもしれない……」

「えっ……」

音次郎は戸惑った。

「此からそいつを確かめに行くよ」

半兵衛は笑った。


本郷御弓町の武家屋敷街に人通りはなかった。

半次は、北島屋敷を見張った。

北島屋敷は、訪れる者もなく静まり返っていた。

男が縞の半纏を翻(ひるがえ)し、足早にやって来た。

甚八だ……。

半次は見守った。

甚八は、緊張した面(おも)持(も)ちで北島屋敷の表門脇の潜り戸から中に入って行った。

何かあった……。

半次は、北島屋敷を見守った。

僅かな刻が過ぎた。

北島祐馬と甚八が潜り戸から現れ、足早に本郷の通りに急いだ。

半次は追った。

根岸の里には水鶏の鳴き声が響いていた。

半兵衛と音次郎は、時雨の岡の御行の松の傍に佇み、石神井用水の流れを眺めた。

石神井用水のせせらぎは、煌めきながら流れていた。

「あの家です……」

音次郎は、石神井用水の傍の高い垣根に囲まれた家を示した。

「うん……」

半兵衛は眺めた。

高い垣根に囲まれた家の広い縁側には、年増が棒台を置いて飾り結びを作っていた。

澄江だ……。

半兵衛は眺めた。

「あの人が澄江さんです」

音次郎は告げた。

「うん……」

半兵衛は、広い縁側で飾り結びを作っている澄江を眺めた。

飾り結びを作る澄江は、陽差しの中に穏やかで静かだった。


半兵衛は、音次郎を従えて澄江の家を訪れた。

女中のおしんは、澄江に取り次いだ。

澄江は、半兵衛と音次郎を座敷に招いた。

「いや。庭先で結構だよ」

半兵衛は、広い縁側のある庭先に廻った。

音次郎は続いた。


「澄江にございます」

澄江は、棒台を脇に片付け、縁側に腰掛けた半兵衛と音次郎に挨拶をした。

「私は北町奉行所臨時廻り同心の白縫半兵衛。此方(こっち)は音次郎。急に来てすまないね」

半兵衛は詫びた。

「いいえ。白縫半兵衛さま……」

澄江は、微かな戸惑いを過ぎらせた。

戸惑いは、半兵衛と再婚話があるのを知ってのものなのか……。

半兵衛は分からなかった。

「どうぞ……」

女中のおしんが、半兵衛と音次郎に茶を出した。

「うん。戴くよ」

半兵衛は茶を飲んだ。

「して、白縫さま。御用とは……」

澄江は、半兵衛に怪訝な眼を向けた。

「それなのだが、茶道具屋香風堂蒼悦が脅されていてね」

「蒼悦が脅されている……」

澄江は驚いた。

「うむ。三年前の骨董品屋河童堂東斉の騙りの一件でね」

「河童堂東斉さんの騙り……」

澄江は眉をひそめた。

「三年前、蒼悦は東斉が千利休の作った物と云う触れ込みで持ち込んだ茶碗を買う話を進め、最後の最後に茶碗は贋物の騙りだと、月番の南町奉行所に訴え出た……」

「はい……」

澄江は頷いた。

「そして東斉は捕らえられ、大番屋での吟味の途中、心の臓の発作で死んで騙りの一件は終わった。だが、その騙りの一件。蒼悦が茶碗が贋物だと気が付いていながら売買の話を進め、騙りに捏ち上げたのだと、蒼悦に脅しを掛ける者が現れてね」

半兵衛は、澄江を見据えた。

「脅しを……」

澄江は驚き、言葉を飲んだ。

「ああ。それで訊きたいのだが、蒼悦は茶碗が贋物だと最初から気が付いていたのかな」

「白縫さま、私はその頃、未だ木挽町の呉服屋京屋におりましたので、蒼悦がいつ気が付いたかなどは……」

「だが、澄江さんは知っていた……」

半兵衛は笑い掛けた。

「えっ……」

「蒼悦がからかわれたのを根に持ち、相手を陥れたと……」

「白縫さま……」

澄江は、自分の云った事を半兵衛が知っているのに困惑した。

「蒼悦と東斉、どっちもどっち。所詮は狐と狸の化かし合い。どっちが悪いか白黒つけろと云われても五十歩百歩だ。詰まる処、心の臓が弱かった河童堂東斉の運が悪かったとも云える……」

「はい……」

「だが、贋物だと知っていながら話に乗った振りをし、騙りの一件に仕立てあげた蒼悦の狡猾な企みにも呆れる」

「はい……」

「蒼悦を脅す者共はその狡猾さを恨み、町奉行所に東斉の騙りを捏ち上げたと自訴しなければ、真相を天下に触れ廻り、おそらく殺すつもりだろう」

「殺す……」

澄江は、恐怖を露わにした。

「うむ。馬鹿な話だ……」

半兵衛は眉をひそめた。

「白縫さま……」

「そんな馬鹿な事件を作らない為には、蒼悦を逸早く町奉行所に呼ぶのが上策。さすれば脅す者の手も届かず、真相がはっきりして、気も済む筈……」

「はい……」

澄江は頷いた。

「だが、蒼悦を町奉行所に呼ぶ確かな証拠も証言もなくてね……」

「白縫さま、三年前、蒼悦は病に伏した私の夫京屋清兵衛の見舞いに来て、私に東斉と云う古道具屋が生意気にも利休の贋茶碗を持ち込み、からかって来たので騙りに仕立てあげて思い知らせてやると……」

澄江は、哀しげに告げた。

「からかって来たので騙りに仕立てあげて思い知らせる。蒼悦は間違いなくそう云ったんだね」

半兵衛は念を押した。

「はい。間違いありません……」

澄江は頷いた。

「そうか……」

半兵衛は、蒼悦が騙り事件を仕立てあげたと云う澄江の確かな証言を得た。

「白縫さま、どうか新たな事件を食い止めて下さい。蒼悦と脅している人たちの為に、お願いにございます」

澄江は、半兵衛に深々と頭を下げた。

「心得た。澄江さん、良く話してくれた。礼を云います」

半兵衛は、澄江の人柄を好もしく思い、礼を述べた。

広い縁側は陽差しに溢れ、小鳥の囀(さえず)りが心地好く響いていた。


根岸の里は昼下がりの静寂に覆われた。

半兵衛と音次郎は、澄江の家を後にして石神井用水沿いの小径を谷中に向かった。そして、石神井用水に架かっている小橋を渡り、天王寺横の芋坂に進んだ。

若い侍と縞の半纏を着た男が、芋坂を降りて来た。

北島祐馬と甚八……。

半兵衛は気が付いた。

「旦那……」

音次郎も気が付き、緊張を滲ませた。

「どうやら、澄江が根岸の里にいると気が付いたようだな」

半兵衛は睨んだ。

「どうします……」

「止めるしかあるまい……」

半兵衛は、不敵な笑みを浮かべた。


甚八は、芋坂を来る侍がおしんを尾行る邪魔をした同心だと気が付いた。

「旦那……」

甚八は立ち止まった。

「何だ……」

「おしんを尾行る邪魔をした同心です」

「何……」

北島は、やって来る半兵衛を見据えた。

半兵衛は笑みを浮かべ、立ち止まっている北島と甚八に近寄った。

北島は、刀の柄を握った。

「北島祐馬と甚八か……」

半兵衛は笑い掛けた。

「おぬし……」

北島は、己の名を知られているのに微かに狼狽えた。

「私は北町奉行所臨時廻り同心白縫半兵衛……」

半兵衛は名乗った。

「白縫半兵衛。して、俺に何か用か……」

「うむ。三年前、茶道具屋香風堂蒼悦は、己をからかおうと企んだ河童堂東斉に怒り、騙りに仕立てあげた……」

半兵衛は、いきなり核心を突いた。

「誰だ。誰がそう云った……」

北島は、戸惑いながら訊き返した。

「そいつは云えぬ」

「云え。云ったのは蒼悦の妹の澄江か……」

北島は、刀の鯉口を切った。

「さあてな。それより北島。此から私は香風堂蒼悦を大番屋に引き立て、河童堂東斉の騙りの真相を明らかにする。そして、蒼悦に罪があればお縄にして裁きを受けさせる。それ故、おぬしたちはもう脅しを止めて手を引くのだな」

半兵衛は告げた。

「誰だ。誰なんだ。蒼悦が東斉を騙りに仕立てあげたと云った者は……」

北島は、半兵衛に迫った。

「云えぬ……」

半兵衛は苦笑した。

刹那、北島は半兵衛に斬り掛かった。

半兵衛は飛び退いた。

北島は踏み込み、半兵衛に二の太刀、三の太刀を鋭く放った。

半兵衛は、飛び退いて躱した。

「おのれ……」

北島は、尚も半兵衛に斬り掛かった。

半兵衛は、身を沈めて躱しながら大きく踏み込んだ。

閃光が走った。

北島は、刀を飛ばして立ち竦んだ。

半兵衛は、北島に刀を突き付けた。

刀の鋒から血が滴り落ちた。

北島は、斬られた二の腕から血を流して立ち尽くした。

「此迄だ。北島祐馬……」

半兵衛は、北島を見据えた。

甚八は、後退りをして身を翻した。

半次が現れ、甚八を素早く取り押さえた。

「親分……」

音次郎が駆け寄った。

「ああ、お縄にしな」

半次は命じた。

「合点だ」

音次郎は、甚八に縄を打った。

「さあて北島、一緒に来て貰おうか……」

半兵衛は、北島を見据えた。

「わ、私は旗本、町奉行所の支配は受けぬ」

北島は声を震わせた。

「ならば目付に報せるだけだが、ま、悪いようにはしないさ……」

半兵衛は笑った。


夕暮れ時。

茶道具屋『香風堂』の手代、小僧、下男たちは店先を掃除し、店仕舞いを始めていた。

半兵衛は、半次と音次郎を従えて『香風堂』を訪れた。

「此は白縫さま……」

番頭と帳簿を検めていた主の蒼悦が、半兵衛に怪訝な眼を向けた。

「やあ。蒼悦の旦那、ちょいと大番屋に来て貰うよ」

半兵衛は笑い掛けた。

「えっ……」

蒼悦は、困惑を浮かべた。

「三年前の古道具屋河童堂東斉の騙りの一件、お前さんが仕組んだ事だと云う証言があってね……」

「私が仕組んだ事だと。誰だ、誰がそんな事を……」

蒼悦は、嗄れ声を震わせた。

「お前さんの身を案じている人だ」

半兵衛は、蒼悦を見据えた。

「ま、まさか……」

蒼悦は、証言した者が誰か気が付いて呆然とした。

半次と音次郎は、蒼悦を左右から押さえた。

「さあ、行くよ……」

半兵衛は促した。


茶道具屋『香風堂』蒼悦は、半兵衛の厳しい吟味を受けて古道具屋『河童堂』東斉を騙り者に仕立てあげたのを認めた。

北町奉行所吟味方与力の大久保忠左衛門は、半兵衛から事の次第を聞いて驚き、やがて怒りに変えた。

「お、おのれ……」

　忠左衛門は、細い筋張った首を引き攣らせた。

　利休の贋茶碗を持ち込み、騙り者として死んだ古道具屋『河童堂』東斉……。

　贋茶碗だと気付きながら話に乗り、東斉を騙り者に仕立てあげた茶道具屋『香風堂』蒼悦……。

　所詮は狐と狸の化かし合いだが、世間を騒がせ、お上を煩わせた罪はある。

　忠左衛門は、茶道具屋『香風堂』を三十日の戸締（閉戸）とし、主の蒼悦を五十日の手鎖の刑に処して隠居させた。

　三年前の古道具屋『河童堂』東斉の騙りの真相は、世間の知る処となった。

　旗本北島祐馬は五十日の閉門となり、甚八は敲きの刑に処せられた。

　半兵衛は、蒼悦が東斉を騙り者に仕立てあげたと証言した澄江の事を一切内緒にした。

　公にすれば、実の兄をお上に売った妹として世間から何を云われるか分からない。

「世の中には、私たちが知らん顔をした方が良い事もある……」

半兵衛は苦笑した。

そして、澄江との再婚話は、いつの間にか消え去った。

蒼悦は、北島祐馬と甚八に脅され、町奉行所の同心と出戻りの澄江を一緒にさせて利用しようとしたのかもしれない。

半兵衛は読んだ。

ま、狡猾な蒼悦の考える事はそんな処だろう……。

それにしても……。

半兵衛は、陽差しの溢れる広い縁側で飾り結びを作る澄江を思い浮かべた。

一月後。

半兵衛は、澄江が上野北大門町に住む飾り結び職人と所帯を持ったのを知った。

第三話　化け猫

一

霧雨は夜が更けても止まず、外濠の水面には小さな波紋を幾つも重ねていた。

「おのれ、妖怪……」

若い侍は甲高い声で叫び、霧雨に濡れた髷と着物をだらしなく乱し、夜の闇に向かって何かに取り憑かれたように白刃を振り廻した。

菅笠を被り赤合羽を着た木戸番は物陰に潜み、拍子木を握り締めて恐ろしげに見守った。

若い侍は、顔を恐怖に引き攣らせ、誰もいない夜の闇に向かって激しく斬り付け続けた。

刀は微かな刃風を鳴らし、纏わり付く霧雨を飛び散らした。

次の瞬間、若い侍は悲鳴のような叫び声をあげて大きく仰け反った。

若い侍は、顔を恐怖に醜く歪め、引き摺り込まれるように小さな波紋の重なる外濠に落ちた。

「妖怪……」

水飛沫があがった。

木戸番は、物陰を出て恐る恐る若い侍の落ちた外濠の岸辺に寄った。

「も、もし、お侍さま……」

木戸番は、岸辺から及び腰で外濠に浮かんでいる若侍に呼び掛けた。

若い侍は、外濠に浮かんだまま動く事はなかった。

霧雨は、外濠牛込御門を濡らし続けた。

「妖怪だと……」

北町奉行所臨時廻り同心白縫半兵衛は、戸惑いを浮かべた。

「ええ。昨日の真夜中、牛込御門前で神楽坂は肴町に住む御家人が霧雨に濡れて、おのれ、妖怪、と叫びながら刀を振り廻して外濠に落ちて死んだそうですよ」

音次郎は、恐ろしそうに声を潜めた。

「おのれ、妖怪か……」

「はい。夜廻りの途中の木戸番が見ていましてね。もう、江戸中の評判ですよ」

半次は告げた。

「江戸中の評判ねえ。して、御家人はどうして死んだんだい……」

「そいつが、身体の何処にも斬られた傷や首を絞められた痕もなくて溺れ死んだ。きっと妖怪に取り憑かれたんですぜ」

音次郎は、微かに身震いした。

「して、その妖怪に取り憑かれて溺れ死んだ御家人ってのは、どんな人なんだい」

「そいつが、余り良い評判はないそうですよ」

半次は眉をひそめた。

「成る程。よし、じゃあ、ちょいと牛込御門に行ってみるか……」

半兵衛は苦笑した。

外濠は煌めいていた。

牛込御門は神楽坂と飯田町を結んでおり、主に武士が行き交っていた。

半兵衛は、半次や音次郎とやって来た。

牛込御門の前には多くの野次馬(やじうま)が集まり、眉をひそめて囁(ささや)き合っていた。

「此処(ここ)か……」

半兵衛は、牛込御門の橋と橋詰を見渡した。

「はい。流石(さすが)に見物人が来ていますね」

音次郎は、花見にでも来たように声を弾ませた。

「うむ……」

半兵衛は苦笑した。

「それにしても、死んだ御武家が妖怪と闘った跡、何処かにあるんですかね」

半次は、辺りを見廻した。

「そいつはどうかな。何しろ相手は妖怪だ」

半兵衛は首を捻(ひね)った。

「そうか、そうですね」

半次は頷(うなず)いた。

「して、半次、御家人が妖怪と闘っているのを見た夜廻りは、市ケ谷田町(いちがややたまち)四丁目代地の木戸番かな……」

「はい。此方(こちら)です」

半次は、半兵衛を誘(いざな)って神楽坂に向かった。

音次郎は続いた。


市ヶ谷田町四丁目代地は神楽坂の途中にあり、木戸番は幸助(こうすけ)と云う中年男だった。

半兵衛、半次、音次郎は、木戸番の幸助を訪れた。

「白縫さま、半次の親分さん、御用ってのは昨夜の妖怪の一件ですか……」

幸助は、疲れ切ったような吐息を洩らした。

「うん。随分と訊かれたようだね」

半兵衛は笑い掛けた。

「はい。町奉行所の同心の旦那に岡っ引の親分さん、それに御旗本に御家人の方々、次から次と……」

「私たちが最後になると良いね」

半兵衛は、幸助に同情した。

「は、はい……」

「で、幸助、妖怪に殺されたって御家人は何処の誰なんだい……」

「善国寺脇の通りを入った処にある御屋敷に住んでいる片岡精一郎と仰る方です」

「その片岡精一郎が、牛込御門の前で、おのれ、妖怪、と叫びながら刀を振り廻していたのか……」

「はい。霧雨の降っている誰もいない夜空に向かって叫び、何かに取り憑かれたみたいに滅茶苦茶に斬り付けていました」

「そして、外濠に落ちたか……」

「はい。引き摺り込まれるように落ちましてね。それで直ぐに自身番に報せ、人を呼んで引き上げましたが……」

「溺れ死んでいたか……」

「はい……」

「そうか。処で幸助、御家人の片岡精一郎はどのような人柄なのかな」

半兵衛は尋ねた。

「そいつが、余り良い噂は……」

幸助は、言葉を濁した。

「ないのか……」

半兵衛は苦笑した。

「はい。御家人仲間と連んでいろいろと悪さをしていましてね。此の前も猫を斬り殺したとか……」

幸助は、腹立たしげに顔を歪めた。

「猫を斬り殺した……」

半兵衛は眉をひそめた。

「はい。黒猫を……」

幸助は頷いた。

音次郎は、声を引き攣らせた。

「旦那、親分、ひょっとしたらその黒猫が化けて出たんじゃあ……」

「音次郎……」

半次は苦笑した。

「幸助、斬り殺された黒猫、飼い猫か、それとも野良猫か……」

半兵衛は尋ねた。

「首に赤い布切れを巻いていたそうですから、飼い猫でしょうね」

幸助は読んだ。

「飼い猫ならば、飼い主は……」

「さあ、そこ迄は……」

幸助は首を捻った。

斬り殺された黒猫の飼い主が、何処の誰かは分からなかった。

「そうか。して、死んだ片岡精一郎、家族はいるのかな……」

半兵衛は尋ねた。

毘沙門天（びしゃもんてん）で名高い善国寺は、神楽坂をあがった処にある。

半兵衛は、半次や音次郎と善国寺脇の道に入った。

旗本や御家人の屋敷が甍（いらか）を連ねていた。

音次郎は、通り掛かった酒屋の手代に片岡精一郎の屋敷が何処か訊いた。

酒屋の手代は、連なる屋敷の一軒を指差した。

片岡屋敷は表門を閉じ、静けさに覆われていた。

半兵衛は、片岡屋敷を見上げた。

片岡精一郎の両親は、乱心した挙げ句に外濠に落ちて溺死した精一郎を恥じ、形ばかりの弔いをしていた。

「さあて、どうします」

半次は、半兵衛の指図を待った。

「うん。片岡精一郎、乱心した挙げ句の溺死で町奉行所の出る幕はないが、黒猫を斬り殺したってのが気になるね」

「はい……」

音次郎は頷いた。

「じゃあ、片岡精一郎の遊び仲間を捜してみますか……」

半次は告げた。

「そうだな。よし、音次郎、お前は斬り殺された黒猫の飼い主を捜してみな」

「飼い主ですか……」

「ああ。神楽坂には寺や神社が多い。先ずは寺を当たってみるんだな」

半次は命じた。

「はい。合点です」

音次郎は、張り切って頷いた。

片岡屋敷の精一郎の弔いは、ささやかにひっそりと続けられていた。

半兵衛と半次は、精一郎の悪仲間と思われる者が弔問に訪れるのを待った。

だが、所詮は悪仲間だ。弔問に訪れる者など滅多にいなかった。

「旦那……」

半次は、善国寺脇に続く通りを示した。

総髪の若い浪人がやって来た。

半兵衛と半次は、路地に潜んで見守った。

総髪の浪人は、片岡屋敷の表門前に立ち止まって手を合わせた。

片岡精一郎の知り合い……。

半兵衛と半次は、漸く現れた精一郎の悪仲間らしき総髪の浪人を見守った。

総髪の浪人は、片岡屋敷の表門に一礼して来た道を戻り始めた。

「旦那……」

「うん。追ってみよう……」

半兵衛と半次は、総髪の浪人を追った。

牛込神楽坂には武家地の次に寺や神社が多く、町方の地は少なかった。

音次郎は、猫好きの住職や寺男のいる寺を探した。

若狭国小浜藩江戸屋敷の傍にある長妙寺の住職が猫好きだった。

音次郎は、長妙寺を訪れた。

長妙寺の境内や本堂の回廊や階では、多くの猫が日向ぼっこをしていた。

「こいつは凄いや……」

音次郎は感心し、日向ぼっこをしている猫を数えた。

「全部で二十匹だよ……」

音次郎は、背後からの声に振り向いた。

肥った住職がいた。

「此は御住職さまですか……」

「うむ。おお、よしよし……」

肥った住職は、鳴きながら足元に纏わり付く猫を撫でた。

「儂は長妙寺住職の道慶、お前さんは……」

肥った住職は道慶と名乗り、音次郎に怪訝な眼を向けた。

「あっしは、北町奉行所同心白縫半兵衛の旦那の手の者で、音次郎と申します」

音次郎は、懐の十手を見せた。

「おお、それはそれは。して、何用かな……」

「はい。道慶さま、此方で飼われている猫で近頃いなくなったのはいませんか……」

「近頃いなくなった猫……」

「はい。黒猫で……」

「さあて……」

道慶は、猫を見廻した。

「うちの子たちは、皆いるようだが……」

「そうですか……」

音次郎は肩を落とした。

「黒猫がどうかしたのかな……」

「えっ、ええ。道慶さま、昨夜、牛込御門前で騒ぎがあったのを御存知ですか……」

「ああ。御家人の倅（せがれ）が乱心して刀を振り廻し、挙げ句の果てに外濠に落ちて溺れ死んだ一件なら聞いたよ」

「はい。その御家人の倅、おのれ、妖怪、と叫んでいましてね」

音次郎は囁いた。

「おのれ、妖怪、だと……」

道慶は驚き、眼を丸くした。

「ええ。御家人の倅、妖怪に斬り付けていたらしいんですよね」

「成る程。それにしても妖怪とは……」

道慶は眉をひそめた。

「はい……」

「まさか、その妖怪と黒猫が拘わりがあると……」

道慶は気が付いた。

「そいつが道慶さま、その御家人の倅、黒猫を斬り殺しているんですよ」

音次郎は、腹立たしげに告げた。

「黒猫を斬り殺した……」

道慶は眉をひそめた。

「はい。飼い猫だったようでしてね。飼い主を捜しているんです」

「それで、いなくなった黒猫か……」

道慶は、厳しさを滲ませた。

「はい。道慶さま、何か心当たりはございませんか……」

「そうだな。矢来下の先の稲荷堂にも猫が何匹か住み着いているけど……」

「矢来下の先の稲荷堂ですか……」

「うむ……」

「堂守は何て人ですか……」

「佐平って年寄りだよ」

「佐平さんですか……」

音次郎は顔を輝かせた。

「うむ。じゃあ何か、お前さんは御家人の倅が乱心して死んだのは、殺された黒猫が妖怪となって祟ったと云うのかな」

道慶は、音次郎の腹の内を読んだ。

「かもしれません……」

音次郎は頷いた。


神楽坂を下りると外濠になり、牛込御門が架かっている。

総髪の若い浪人は、神楽坂を下って牛込御門前に出た。そして、集まって囁き合っている野次馬を横目に外濠沿いの道を小石川(こいしかわ)御門に向かった。

落ち着いた足取りだ……。

半兵衛は、総髪の若い浪人の足取りを読んだ。そして、微かな違和感を抱いた。

総髪の若い浪人は、小石川御門の前を通って尚も進んだ。

半兵衛と半次は追った。

牛込矢来下は、神楽坂を上がって通寺町(とおりてらまち)を進んだ先だ。

音次郎は、長妙寺住職道慶に聞いた矢来下の先の稲荷堂に急いだ。

矢来下の先を天神町(てんじんちょう)に曲がり、北に進むと中里町(なかざとちょう)になって緑の田畑が広がっていた。

あそこだ……。

緑の田畑を背にして稲荷堂があった。

音次郎は、稲荷堂に近寄った。

色が褪せ、端の破れた数本の赤い幟旗が古い稲荷堂の前を飾っていた。
音次郎は、古い稲荷堂の境内を眺めた。
狭い境内は綺麗に掃除がされ、手入れされた賽銭箱や階には数匹の猫がいた。
猫は皆、赤い布切れを首に巻いていた。
片岡精一郎に斬り殺された猫も首に赤い布切れを巻いていた。
同じだ……。
赤い布切れは、破れた赤い幟旗を切ったものなのかもしれない。
音次郎は、古い稲荷堂の後ろに小屋があるのに気が付いた。
小屋は元は納屋であり、人が住めるように直されていた。
堂守の佐平が住んでいる……。
音次郎は、小屋に近付いて板戸を叩いた。
「御免なすって、佐平さんはおいでになりますか。御免なすって……」
音次郎は、小屋の中に声を掛けた。しかし、返事はなかった。
留守か……。
音次郎は、小屋の板戸を開けた。
一匹の猫が飛び出した。

音次郎は、小屋の中を覗いた。

小屋の中は薄暗くて狭く、土間と二畳程の板の間があった。

土間には水甕と石組の竈、そして猫の寝藁があり、二畳程の板の間には粗末な蒲団と食器、笈が置いてあった。

〝笈〟とは、修行僧や修験者などが仏具や衣服、食器などを入れて背負う箱だ。

笈……。

佐平は、稲荷堂の堂守になる前は、修行僧か修験者だったのか……。

音次郎は眉をひそめた。


神田明神は参拝客で賑わっていた。

総髪の若い浪人は、神田明神門前町の外れにある一膳飯屋に入った。

半兵衛と半次は見届けた。

「さあて、何者ですかね……」

「うむ。溺れ死んだ片岡精一郎の知り合いなのは間違いないだろうが……」

半兵衛は眉をひそめた。

「どうかしましたか……」

半次は、半兵衛に怪訝な眼を向けた。

「どうも悪仲間には思えなくてね」

半兵衛は、一膳飯屋を眺めた。


四半刻（三十分）が過ぎた。

若い総髪の浪人は、飯を食べ終えて一膳飯屋から出て来た。

半兵衛は笑い掛けた。

「やあ……」

「私ですか……」

若い総髪の浪人は、辺りを見廻してから半兵衛を見た。

その眼に険しさや後ろめたさはなく、怪訝さだけがあった。

半兵衛は、己の睨みに思わず頷いた。

「私は北町奉行所同心の白縫半兵衛。ちょいと訊きたい事があってね」

「訊きたい事、何ですか……」

「うん。他でもない、昨夜、外濠に落ちて死んだ片岡精一郎と知り合いだね」

「えっ、ええ……」

「一緒に遊ぶ仲なのかな……」

「いいえ……」

「ならば、どんな知り合いなのかな」

「白縫さんと仰(おっしゃ)いましたね」

「うん……」

「精一郎、殺されたのですか……」

「いいや。一人で刀を振り廻して外濠に落ち、溺れ死んだのに間違いない」

「ならばどうして、町奉行所同心の白縫さんが……」

「そいつなんだが、片岡精一郎、恨みを買っていたようでね。死んだのは、そいつに拘わりあるのかもしれないと思ってね」

「恨み……」

若い総髪の浪人は眉をひそめた。

「うむ……」

半兵衛は、厳しい面持ちで頷いた。

二

風が吹き抜け、中里町の田畑の緑が揺れていた。

音次郎は、野良仕事をしている百姓に稲荷堂の堂守佐平について尋ねた。

「佐平さんには、時々野良仕事を手伝って貰っていましてね。お礼に出来た野菜を渡したりしているよ……」

百姓は、仕事の手を止めずに答えた。

「そうですか。それにしても佐平さん、随分と猫を可愛がっているようですね」

「ああ。佐平さん、捨てられた病の猫を治してやったり、子猫を育てたり、そりゃあ可愛がっているよ」

「優しい人なんですね……」

「ああ。子供の頃から苦労して来たそうだからね。猫でも見棄てて置けないのだろうね」

「そうですか……」

佐平は、三年程前から稲荷堂裏の小屋に住み着き、堂守として働き始めた。そして、近在の百姓や商店の手伝いをして暮らしていた。

「それで佐平さん、堂守になる前は、何をしていたか知っていますか……」

「聞く処によれば、諸国を旅して歩く修行僧だったそうだが、本当かどうかは良く分からないな……」

「本当かどうか良く分からない……」

「ああ。稲荷堂の堂守になる迄には、他人に知られたくない事もあるだろうからね」

百姓は腰を伸ばした。

「そうか。で、佐平さん、今は何処に行っているのか知っていますか……」

「さあねえ……」

百姓は首を捻った。

「そうですか、知りませんか……」

佐平の行き先は分からなかった。

音次郎は、佐平が戻るのを暫く待ってみる事にした。

赤い布を首に巻いた猫たちは、稲荷堂の日溜りに寛いでいた。

神田明神門前の茶店には、参拝帰りの客が訪れていた。

若い総髪の浪人は水沢恭之助と云う名であり、元御家人の倅だった。

半兵衛と水沢恭之助は、茶店の縁台に並んで腰掛け、背中合わせに半次が茶を飲んでいた。

「五年前、親父が御役目をしくじりましてね。以来、浪人して。精一郎とは子供の頃、屋敷が近くて手習いや剣術も一緒でしたよ」

水沢恭之助と片岡精一郎は幼馴染みだった。

「そうですか。処で片岡精一郎、余り評判が良くないのだが、どんな者たちと連んでいるのか知っているかな……」

半兵衛は、茶を啜りながら尋ねた。

「ええ。同じ御家人の倅の木島又四郎、遊び人の梅吉。ま、他にもいるかもしれませんが、私の知っているのは、木島又四郎と梅吉の二人ですか……」

「木島又四郎と遊び人の梅吉、いつもは何処に屯しているのかな」

「精一郎は良く湯島天神の盛り場で遊んでいましたから、きっと木島又四郎と梅吉も……」

水沢恭之助は告げた。

「湯島天神ですか……」

「ええ……」

水沢恭之助は頷き、茶を飲んだ。

背中合わせに腰掛けていた半次が、茶店の亭主に茶代を払って出て行った。

「それにしても白縫さん、世間では精一郎が乱心したと噂していますが、本当なんですかね」

水沢恭之助は眉をひそめた。

「うむ。片岡精一郎は、おのれ、妖怪、と叫びながら霧雨の降る暗い夜空に斬り掛かっていたそうだよ」

「ならば、やはり乱心……」

「うむ。そうとしか思えぬ……」

「しかし、何故に……」

「分からないのはそこでね。どうかな、片岡屋敷に弔いに行き、家族にそれとなく心当たりがないか訊いてみてはくれぬかな……」

「家族にですか……」

水沢恭之助は、戸惑いを浮かべた。

「うむ。御家人は町奉行所の支配違い、私が行っても本当の事を云うとは思えない。どうかな……」

「分かりました。行ってみましょう」

水沢恭之助は、半兵衛の頼みを引き受けた。

「ありがたい……」

半兵衛は微笑んだ。

湯島天神門前町の盛り場は、連なる飲み屋が開店の仕度をしていた。

半次は、仕込みや掃除をしている飲み屋の亭主や女将に御家人の倅の木島又四郎と遊び人の梅吉を知らないか訊き歩いた。

「ああ、知っていますよ……」

飲み屋の大年増の女将が眉をひそめた。

「知っているか……」

「ええ。何だかんだと因縁を付けては、只飲み只食いをしようとする質の悪い奴らですよ」

大年増の女将は、只飲み只食いをされた事があるのか、腹立たしげに吐き棄てた。

「そんな奴らなのか……」

「ああ……」

「じゃあ、片岡精一郎って御家人の倅も仲間なのかな……」

「片岡精一郎、一番質の悪い奴だよ」

大年増の女将は、片岡精一郎が乱心した挙げ句、外濠に落ちて溺れ死んだのを知らない様子だった。

「随分、憎まれたり恨まれたりしていた奴なんだな……」

「そりゃあもう、陸でなしですからね……」

「じゃあ、木島又四郎と梅吉、今夜も現れるかな……」

「ああ。日が暮れれば、明かりに寄って来る蛾のように現れますよ」

大年増の女将は嘲笑った。

「蛾ねえ……」

半次は苦笑した。

「だけど、遊び人の梅吉なら妻恋町の伝助長屋に住んでいますよ」

大年増は、梅吉の住まいを知っていた。

「妻恋町の伝助長屋……」

半次は眉をひそめた。

半兵衛がやって来た。

半次は、大年増の女将に礼を云い、やって来た半兵衛に駆け寄った。

「どうだ……」

「片岡精一郎の仲間、木島又四郎と遊び人の梅吉に間違いありませんよ」

「そうか……」

「で、遊び人の梅吉、妻恋町の伝助長屋に住んでいるそうですぜ」

「妻恋町の伝助長屋……」

半兵衛は眉をひそめた。

「ええ……」

「よし、行ってみるか……」

半兵衛と半次は、妻恋町の伝助長屋に向かった。

稲荷堂の色褪せた幟旗は、吹き抜ける微風(そよかぜ)に僅かに揺れていた。

堂守の佐平は、裏の小屋に未だ戻ってはいなかった。

音次郎は、稲荷堂の階で首に赤い布を巻いた猫と戯(たわむ)れていた。

片岡精一郎に斬り殺された黒猫は、堂守佐平の飼っている猫の一匹だった。斬り殺された黒猫は怨霊となり、殺した片岡精一郎に取り憑いて祟った。そして、片岡精一郎は乱心し、外濠に落ちて溺れ死にをした。

恐ろしい……。

音次郎は身震いをした。

妻恋町は夕陽に照らされていた。

半兵衛と半次は、妻恋町の木戸番に伝助長屋の場所を尋ねた。

木戸番は遊び人の梅吉を知っており、半兵衛と半次を裏通りにある伝助長屋に案内してくれた。

「此処ですぜ、梅吉の家は……」

木戸番は、伝助長屋の木戸の傍の家を指差した。

「いや。助かったよ。半次……」

半兵衛は、木戸番に礼を云って半次を促した。

「はい……」

半次は頷き、木戸の傍の梅吉の家の腰高障子を叩いた。

「梅吉さん……」

梅吉の家から返事はなかった。

半次は、尚も腰高障子を叩き、梅吉の名を読んだ。だが、やはり返事はなかった。

「旦那……」

「うん……」

半兵衛は頷いた。

半次は、腰高障子を開けた。

腰高障子は開いた。

刹那(せつな)、梅吉の家の中から黒猫が飛び出した。

「あっ……」

半次は驚いた。

半兵衛は、咄嗟(とっさ)に躱(かわ)した。

黒猫は、半次と半兵衛の間を駆け抜け、一瞬にして消え去った。

「半次……」

半兵衛は、梅吉の家の中に踏み込んだ。

薄暗い家の中には、蒲団が敷かれて人が寝ていた。

「梅吉……」

半兵衛は、家の中に上がって掛蒲団を捲った。

掛蒲団の下には、眼をかっと瞠り、首を血に汚した男がいた。

「おい……」

半兵衛は、男の様子を検めた。

「旦那……」

「ああ、死んでいるよ」

半兵衛は、男の硬直具合を見定めた。

「夜明け頃かな、死んだのは……」

半兵衛は読んだ。

「ええ。ちょいと顔を見てくれ……」

半次は、木戸番を呼んだ。

木戸番は、恐る恐る死んでいる男の顔を覗き込んだ。

「遊び人の梅吉かな……」

「はい。梅吉です……」

木戸番は頷いた。

「そうか。じゃあ、自身番に報せてくれ」

半兵衛は命じた。

「はい……」

木戸番は、飛び出して行った。

半兵衛は、家の隅にあった手拭で梅吉の首の血を拭いた。

血は殆ど乾いており、喉元には糸のように細い切り傷が三筋あった。

「旦那、こりゃあ……」

半次は眉をひそめた。

「ああ。猫の爪のようなもので掻き切られた傷みたいだな……」

半兵衛は、三筋の細い傷を読んだ。

「だ、旦那……」

半次は、飛び出して行った黒猫を思い出し、声を引き攣らせた。

「ま、詳しく調べてみよう。裸にしてくれ」

半兵衛は、返事をして梅吉の着物を脱がした。

半兵衛は、梅吉の死体を検め始めた。

「半次……」

半兵衛は、梅吉の心の臓の上に血を拭った小さな痕を見付けた。

半次は、手拭を濡らして血を拭った小さな痕を擦った。

点のような傷が浮かんだ。

「旦那……」

「うん。やっぱりな。畳針のような物で刺した痕だ」

「じゃあ……」

半次は、微かな安堵を過ぎらせた。

「ああ。何者かが梅吉の心の臓に針を打ち込んで殺し、喉元に猫の爪痕を細工した。まあ、殺ったのは、殺しの玄人だろうな」

半兵衛は睨んだ。

「殺しの玄人……」

半次は、緊張を滲ませた。

「うん……」

半兵衛は頷いた。

小さな窓から夕陽が差し込んだ。

囲炉裏の火は燃えた。

遊び人の梅吉が殺され、片岡精一郎の遊び仲間の御家人の倅、木島又四郎の屋敷や詳しい事は分からなくなった。

「片岡精一郎が乱心の挙げ句、溺れ死にをし、梅吉が猫に襲われたように細工をされて殺された……」

半次は、半兵衛の湯呑茶碗に酒を満たした。

「残るは御家人の倅の木島又四郎か……」

半兵衛は、買って来た野菜の煮染で湯呑茶碗に満たされた酒を飲んだ。

「はい。ですが、梅吉が殺されて木島又四郎の事は何も分からなくなった……」

半次は、苛立ちを滲ませた。

「うむ。だが、此で町奉行所の私たちが動き易くなった訳だ」

半兵衛は苦笑した。

「それはそうですが。相手は得体の知れない殺しの玄人……」

半次は、緊張した面持ちで湯呑茶碗の酒を飲んだ。

「只今戻りました……」

音次郎が勝手口から入って来た。

「おう。御苦労さん……」

半兵衛と半次は迎えた。

「ま、一杯飲んで、稲荷寿司で腹拵えをするんだね」

半兵衛は、新しい湯呑茶碗に酒を注いでやり、稲荷寿司を勧めた。

「ありがとうございます。ああ、腹減った」

音次郎は、稲荷寿司と煮染を食べ、喉を鳴らして酒を飲んだ。

「で、旦那、親分、片岡精一郎が斬り殺した黒猫、飼い主が何処の誰か分かりました」

「ほう。そいつは上出来だ。して、何処の誰だった……」

半兵衛は促した。

「はい。神楽坂の先の中里町にある稲荷堂の佐平って堂守が猫を何匹も飼っていましてね。その中の一匹だったようです」

「確かな証拠はあるのか……」

半次は眉をひそめた。

「はい。佐平の飼っている猫は皆、首にお稲荷さんの赤い幟旗の切れ端を巻いています」

音次郎は告げた。

「赤い布切れを巻いた黒猫か……」

半兵衛は頷いた。

「はい。片岡精一郎は堂守の佐平の飼っていた首に赤い布切れを巻いた黒猫を斬り殺したんです」

「で、音次郎、堂守の佐平は……」

半次は訊いた。

「そいつが留守でしてね。暫く見張っていたんですが、戻って来ませんでして……」

音次郎は首を捻った。

「旦那……」

「うむ。して、音次郎、堂守の佐平ってのはどんな奴なんだ……」

半兵衛は尋ねた。

「はい。堂守になる前迄は、旅の修行僧とか修験者だったとか……」

「修行僧か修験者……」

半兵衛は眉をひそめた。

「はい……」

「旦那、まさか姿を消したんじゃあ……」

半次は、厳しさを浮かべた。

「いや。猫がいる限り戻って来る。半次、明日、音次郎と一緒に行ってみてくれ」

半兵衛は、猫好きの胸の内を読んだ。

「はい……」

半次は頷いた。

「堂守の佐平、ひょっとしたらひょっとする。逢っても迂闊な真似はするんじゃあないよ」

半兵衛は命じた。

「承知しました」

半次は、厳しい面持ちで頷いた。

「旦那、親分、ひょっとしたらひょっとするってのは……」

音次郎は、怪訝な面持ちになった。

「うん。片岡精一郎の遊び仲間に御家人の倅の木島又四郎ってのと、遊び人の梅吉ってのが浮かんでね……」

「木島又四郎に梅吉ですか……」

「うん。で、梅吉が殺されていたんだ……」

「殺されていた……」

音次郎は驚いた。

「うむ……」

半兵衛と半次は、音次郎に事の次第を詳しく話して聞かせた。

音次郎は、稲荷寿司を食べるのも忘れて話を聞いた。

「じゃあ、ひょっとしたら堂守の佐平が殺しの玄人かもしれない……」

音次郎は、緊張に顔を強張らせた。

「だから、明日、いたとしても迂闊な真似はせず、様子を見るだけにするんだな」

「はい……」

半次と音次郎は頷いた。

「私は御家人の倅の木島又四郎を調べるよ」

半兵衛は、囲炉裏に小枝を焼べた。
炎が燃え上がった。

三

北町奉行所同心詰所は、見廻りに出掛ける前の同心たちで賑わっていた。
半兵衛は、片隅で直参旗本御家人の武鑑を開き、木島姓の御家人を捜した。
御家人の中に、木島姓の者は何人かいた。
その何人かの木島家の何処かに倅の又四郎がいるのだ……。
半兵衛は、何人かの木島家の当主の名と屋敷の場所を紙に控えて北町奉行所を出た。
さあて……。
半兵衛は、外濠沿いを神田八ツ小路に向かった。

稲荷堂の赤い幟旗は、吹き抜ける風に揺れていた。
半次と音次郎は、物陰から中里町の稲荷堂を窺った。
稲荷堂の回廊や階では、首に赤い布切れを巻いた数匹の猫が日向ぼっこをしていた。

「成る程、赤い布切れを首に巻いた猫か……」

半次は、稲荷堂にいる数匹の猫を眺めた。

「はい。で、堂守の佐平のいる小屋は御堂の裏にあります」

音次郎は告げた。

「よし。行ってみよう……」

半次は、稲荷堂の裏に廻った。

音次郎が続いた。

稲荷堂裏の隅にある小屋は、板戸を閉めて静けさに包まれていた。

堂守の佐平はいるのか……。

半次と音次郎は、緊張した面持ちで小屋の様子を窺った。

小屋の中から物音はしなく、人のいる気配は窺えなかった。

「佐平のいる気配はしませんね……」

音次郎は睨んだ。

「ああ……」

半次は、小石を拾って小屋に投げた。

小石は、板戸に当たって音を鳴らした。

半次と音次郎は、身を潜めて何かが起きるのを待った。

小屋の中から誰も現れなかった。

「やっぱり佐平、いませんね」

「うん。昨日から戻らないのか、戻って今朝早く出掛けたのか……」

半次は読んだ。

「ええ。小屋の中、覗いてみますか……」

音次郎は喉を鳴らした。

「ああ……」

半次と音次郎は、ひっそりとしている小屋に近付いた。そして、板戸を開けた。

小屋の中は狭い。

半次と音次郎は、小屋の中を見廻した。

水甕、石組の竈、猫の寝藁のある土間。そして、板の間には粗末な蒲団と笈があった。

「昨日と変わりませんよ」

音次郎は声を潜めた。

「じゃあ、戻っていないのかな……」

「きっと……」

「よし。じゃあ、見張ってみよう」

「はい……」

半次と音次郎は、稲荷堂の堂守小屋を見張る事にした。

神田明神境内には参拝客が行き交っていた。

半兵衛は、門前の茶店を窺った。

浪人の水沢恭之助が茶店の前の縁台に腰掛け、茶を飲みながら行き交う参拝客を眺めていた。

「やあ。待たせたね……」

半兵衛は、水沢恭之助の隣に腰掛けた。

「いえ。私も来たばかりです」

水沢は笑った。

「だったら良いが……」

半兵衛は、茶店の亭主に茶を頼んだ。

「行って来ましたよ。片岡精一郎の弔い……」

「そうですか。造作を掛けたね。して、何か分かったかな……」

半兵衛は尋ねた。

「ええ。御母上や下男にそれとなく精一郎の様子を尋ねたのですがね。精一郎の奴、此処の処、時々塞ぎ込み、庭や廊下に黒猫がいると騒ぐ事があったそうです」

「黒猫がいる……」

半兵衛は眉をひそめた。

「はい。ですが、片岡屋敷は猫を飼ってはおらず、況して黒猫など居る筈はないと。尤も近所の猫でも入り込んでいたなら話は別ですがね」

「近所に居るのかな、黒猫は……」

「いいえ。下男に訊いた処、近所に黒猫を飼っている屋敷はないと……」

水沢は首を捻った。

「となると、野良猫かな……」

半兵衛は睨んだ。

「そいつはないでしょう」

水沢は、小さな笑みを浮かべた。

「ない……」

半兵衛は、戸惑いを浮かべた。

「ええ。精一郎が黒猫だと騒ぎたてたのは一度や二度ではありません。野良猫がそれだけの間、片岡屋敷の周囲を彷徨いていたら、下男や他の屋敷の奉公人がまったく気が付かないって事はありますまい」

水沢は読んだ。

「成る程……」

半兵衛は、水沢の読みに頷いた。

「そうなると、黒猫は精一郎の幻覚……」

水沢は睨んだ。

「幻覚……」

半兵衛は、水沢を見詰めた。

「はい。居ない筈の黒猫がいるとは、精一郎はやはり乱心していたんですね」

水沢は、微かな吐息を洩らした。

「誰が見てもそうなるかな……」

半兵衛は頷いた。

「ええ。精一郎、哀れな奴ですよ」

水沢は、精一郎を哀れんだ。

「そうだねえ……」

半兵衛は茶を啜った。

「白縫さん、それじゃあ私は此で……」

水沢は、縁台から腰を浮かした。

「ああ。水沢さん。遊び人の梅吉だがね、昨日殺されたよ」

半兵衛は告げた。

「遊び人の梅吉が……」

水沢は、微かな戸惑いを浮かべた。

「ええ。喉を猫の爪のようなもので掻き切られてね」

「猫の爪……」

水沢は訊き返した。

「らしきものですよ……」

半兵衛は、小さな笑みを浮かべた。

「らしきもの……」

「ええ。で、お伺いしたいのですが、片岡精一郎の遊び仲間の木島又四郎の屋敷が何処か知っているかな……」

半兵衛は尋ねた。

「木島又四郎の屋敷ですか……」

「ええ……」

「さあ、御徒町(おかちまち)だと聞いた覚えがありますが、はっきりした事は……」

水沢は首を捻った。

「知りませんか……」

「はい。白縫さんは、木島又四郎も乱心すると思っているのですか……」

「ええ。かもしれないと……」

半兵衛は頷いた。

「精一郎と梅吉、それに木島又四郎。いろいろ悪事を働いて人を泣かせて来た報い。祟りって奴ですかね」

水沢は眉をひそめた。

「幻覚、乱心。そして祟りねえ……」

半兵衛は苦笑した。


稲荷堂の回廊や階には、赤い布切れを首に巻いた数匹の猫がいた。

半次と音次郎は、中里町の外れの稲荷堂裏の堂守小屋を見張り続けた。

堂守小屋に佐平らしき者は戻らず、訪れる者もいなかった。

猫の野太い鳴き声がした。

半次と音次郎は振り返った。

首に赤い布切れを巻いた黒猫が、半次と音次郎を見上げていた。

「親分、赤い布切れを巻いた黒猫ですよ」

「うん……」

半次は頷いた。

「おう。此方(こっち)に来な……」

音次郎は、しゃがみ込んで黒猫を呼んだ。

黒猫は音次郎を見詰めて一声鳴き、素早く身を翻した。

「おっ、此奴……」

音次郎は、黒猫を捕まえようと近付いた。

黒猫は、素早く飛び退いた。

「此の……」

音次郎は、黒猫を捕まえようとして追った。

黒猫は稲荷堂の前に走り、音次郎を弄ぶように大きく離れず逃げ廻った。

音次郎は翻弄された。

「好い加減にしろ、音次郎……」

半次は苦笑した。

堂守小屋から微かな音が聞こえた。

「音次郎……」

半次は、稲荷堂の裏に走った。

音次郎は、慌てて続いた。

堂守小屋の板戸は開いていた。

佐平が戻って来た……。

半次は、堂守小屋に走った。

音次郎は続いた。


半次は立ち尽くした。

狭い小屋には誰も居なく、笈がなくなっていた。

「親分……」

音次郎が入って来た。

「まんまと出し抜かれたようだな」

半次は、悔しげに告げた。

堂守の佐平は、半次と音次郎が見張っているのに気が付いた。そして、黒猫を使って気を引き、その隙に小屋の中にあった笈を持って立ち去ったのだ。

半次は読んだ。

「すみません。あっしが黒猫を追っ掛け廻したばかりに……」

音次郎は、悄然（しょうぜん）とした面持ちで詫びた。

「音次郎、そんな事を云っている場合じゃあない。近所の者に笈を担いだ佐平を見なかったか聞き込むんだ」

「はい……」

半次と音次郎は、中里町に走った。

神田明神から不忍池の西の畔を抜け、根津権現の門前町に進む。

水沢恭之助は、根津権現門前町を通って千駄木坂下町に進んだ。

半兵衛は、巻羽織を脱いで尾行た。

水沢は、千駄木坂下町に出た。そして、田畑の中を流れている小川沿いの道に進んだ。

幻覚、乱心、祟り……。

半兵衛は、水沢恭之助が気になった。

水沢恭之助は、小川沿いの道を進んで小さな辻を東に曲がった。

東には植木屋『植辰』があった。

水沢は、植木屋『植辰』の前庭に入った。

前庭には様々な木々が植えられ、若い植木職人たちが桜の木を掘り出し、筵や縄で養生をしていた。

水沢は、若い植木職人たちと言葉を交わしながら奥の母屋に向かった。

顔見知りだ……。

半兵衛は、木陰沿いに水沢を追った。

水沢は、様々な木々の間の小径を進んで母屋の横手に進んだ。

小鳥が囀り、飛び交っていた。

母屋の横手には小さな離れ家があり、半纏を纏った老女が縁側に座っていた。

老女は、水沢を笑顔で迎えた。

水沢は、老女に挨拶をしながら縁側に腰掛けた。

半兵衛は、木陰から見守った。

水沢と老女は、笑顔で親しげに言葉を交わし始めた。

老女は病の身であり、植木屋の離れ家で養生をしていて、水沢は見舞いに来た……。

半兵衛は、水沢と老女の様子をそう読んだ。

中里町から矢来下に出て、末寺町から通寺町に向かった。

半次と音次郎は、笈を担いだ堂守佐平の足取りを追った。

通寺町から神楽坂……。

半次と音次郎は、木戸番や露天商などに笈を背負った佐平を見掛けなかったか尋ねながら追った。だが、佐平の足取りは神楽坂の手前で途切れた。

「親分……」

音次郎は、焦りを滲ませた。

「ああ。どうやら見失ったな……」

半次は見定めた。

神楽坂の下に見える外濠は、陽差しに煌めいていた。


神田川に猪牙舟が行く。

浪人の水沢恭之助は、昌平橋を渡って神田八ツ小路から柳原通りに進んだ。

半兵衛は、慎重に尾行を続けた。

水沢は、柳原通りから柳原岩井町に曲がって武家地に入った。

武家地は玉池稲荷の西側になり、小旗本や御家人の屋敷が連なっていた。

水沢は、武家屋敷の連なりを窺いながら通りを抜け、玉池稲荷に出た。

玉池稲荷の境内には古い茶店があり、奥にお玉が池があった。

水沢恭之助は、境内にある古い茶店の縁台に腰掛けて茶を頼んだ。

半兵衛は、物陰に潜んだ。

只の休息か、それとも誰かと逢うのか……。

半兵衛は見守った。

水沢は、老婆の運んで来た茶を飲んでいた。

玉池稲荷か……。

半兵衛は、武鑑から書き抜いた数人の御家人木島家の書付けを懐から出して見た。

数人の木島家の中に、玉池稲荷傍と書かれた木島平蔵の屋敷があった。

木島平蔵……。

水沢が通り抜けた武家屋敷の連なりの中に、木島平蔵の屋敷はあったのだ。そして、木島平蔵は、片岡精一郎や梅吉と連んでいた木島又四郎の父親なのかもしれない。

もしそうだとしたら、水沢は木島又四郎の屋敷を知っていながら隠した事になる。

何故だ……。

半兵衛は眉をひそめた。

そして、水沢は木島屋敷に変わった様子はないか、それとなく見に来たのだ……。

半兵衛は、水沢の腹の内を読もうとした。

水沢は、懐紙と矢立を出した。そして、懐紙に何事かを書き始めた。

半兵衛は見守った。

水沢は書き上がった手紙を折り畳み、茶店の老婆に何事かを告げて小粒と共に渡した。

老婆は頷き、折り畳んだ手紙と小粒を受け取った。

水沢は茶店を出た。

半兵衛は追った。

水沢は、柳原通りに出て神田八ツ小路に進んだ。

半兵衛は追った。

水沢は、神田川に架かっている昌平橋を渡って明神下の通りを進んだ。そして、裏通りに入り、古い地蔵尊のある長屋の木戸を潜った。

半兵衛は木戸に走った。

水沢は、長屋の奥の家に入った。

半兵衛は見届け、小さな吐息を洩らした。

木戸の傍の古い地蔵尊は、穏やかな微笑みを浮かべていた。


「頼まれた手紙は渡した……」

半兵衛は眉をひそめた。

「はい。若い浪人さんの云った人が見えたので渡しましたよ」

茶店の老婆は、古い地蔵尊のある長屋から駆け戻った半兵衛に告げた。

「そうか。して、手紙はどんな奴に渡したのかな……」

「どんなって、佐平さんって白髪頭の痩せた年寄りに……」

老婆は、怪訝に半兵衛を見詰めた。

「佐平……」

半兵衛は、中里町外れの稲荷堂の堂守の佐平が現れたのを知った。

「ええ……」

「して、その痩せた白髪頭の佐平は何処に行ったのかな」

「さあ。笈を担いで何処かに……」

老婆は、申し訳なさそうに首を捻った。

「そうか……」

水沢恭之助は、堂守の佐平と秘かに繋ぎを取っていた。

水沢と佐平はどんな拘わりなのだ……。

そして、水沢恭之助の詳しい素性だ……。

半兵衛は、想いを巡らせた。


夕暮れ時。

玉池稲荷傍の武家屋敷街には、棒手振りの声が長閑に響いていた。

半兵衛は、擦れ違った旗本家の中年の下男に木島平蔵の屋敷が何処か尋ねた。

「ああ。木島さまの御屋敷ですか……」

旗本家の中年の下男は、半兵衛を木島屋敷に案内してくれた。

「旦那、木島さまの処の又四郎さま、又何か悪さをしたんですかい……」

中年の下男は、嘲りを浮かべた。

「う、うん。まあな……」

半兵衛は苦笑した。

「まったく懲りない人ですよ」

「又四郎、そんな奴なのかい」

「ええ。此の前も道端にいた猫を眼の色を変えて追い廻していましてね」

「ほう。道端にいた猫をね……」

半兵衛は眉をひそめた。

「ええ。悪さをし過ぎた祟りで、血迷い始めたんじゃあないかと専らの評判ですよ。あっ、旦那、此の御屋敷ですよ」

中年の下男は、連なる武家屋敷の一軒を示した。

「此処か……」

半兵衛は、木島屋敷を眺めた。

木島屋敷は表門を閉じ、静けさに覆われていた。

水沢恭之助は、堂守の佐平に手紙で何かを報せた。

それは、おそらく木島又四郎に拘わる事なのだ……。
半兵衛は読んだ。
佐平は、木島又四郎に対して何かを仕掛けるのかもしれない。
どんな仕掛けをするのか……。
そして、仕掛ける時はおそらく真夜中……。
半兵衛は、厳しい眼差しで木島屋敷を窺った。

四

暮六つ(午後六時)。
北町奉行所は表門を閉めた。
半兵衛は、北町奉行所に戻って取り潰しになった御家人水沢家を調べ始めた。
御家人水沢家は、五年前に恭之助の父親が御役目をしくじって取り潰しになった。
五年前に取り潰された御家人水沢家……。
半兵衛は、旗本御家人家の取り潰しの記録を探した。
御家人水沢家取り潰しの記録はあった。

記録は、一枚に書かれた短いものだった。

半兵衛は読んだ。

水沢家当主宗右衛門は、徒目付組頭の御役目に就いていた。そして、強請集りを働く御家人たちの探索をしていたが、金を貰って目溢しをしたのが露見して御役御免となり、家は取り潰しになった。

強請集りの御家人たちと、片岡精一郎や木島又四郎は拘わりがあるのか……。

何れにしろ厳しい仕置だ……。

半兵衛は、微かな戸惑いを覚えた。

「あ、やはり未だいらっしゃいましたか……」

半次と音次郎が同心詰所に入って来た。

「ああ、御苦労さん……」

半兵衛は迎えた。

「堂守の佐平に見張りを気が付かれ、逃げられました。申し訳ありません」

半次と音次郎は詫びた。

「なあに構わないよ。佐平は玉池稲荷に現れたよ」

半兵衛は小さく笑った。

「玉池稲荷に……」

半次と音次郎は驚いた。

「うん……」

半兵衛は、浪人の水沢恭之助を尾行て知り得た事を半次と音次郎に教えた。

「じゃあ旦那、堂守の佐平、今夜、木島又四郎に何かを仕掛けると云うのですか……」

半次は眉をひそめた。

「おそらく間違いあるまい……」

半兵衛は頷いた。

「又、黒猫を使うのかもしれませんね」

音次郎は、緊張を滲ませた。

「うん……」

半兵衛は頷いた。

「それにしても旦那、浪人の水沢恭之助が堂守の佐平と繋がっていたとは、驚きましたね」

「ああ……」

「じゃあ、水沢も死んだ片岡精一郎や木島又四郎に恨みがあるのかもしれませんね」

半次は睨んだ。

「恨みがあるとしたら、父親が役目にしくじって水沢家が取り潰しになった事と拘わりがあるのだろうな」

半兵衛は読んだ。

「水沢家の取り潰しですか……」

「うん。ま、詳しい事は、一石橋の蕎麦屋で腹拵えをしながらだ」

半兵衛は不敵に笑った。

玉池稲荷傍の武家屋敷街には辻行燈(つじあんどん)が灯され、連なる屋敷は寝静まっていた。

半兵衛、半次、音次郎は、木島屋敷の斜向(はすむ)かいの御家人屋敷の家作を借りた。

小旗本や御家人は、家作を作って町医者などに貸し、賃料を得て暮らしの足しにしていた。木島屋敷の斜向かいの御家人屋敷の家作は、運良く空いていた。

半兵衛、半次、音次郎は、家作から斜向かいの木島屋敷を見張った。

木島屋敷の門前は、灯された辻行燈の明かりが仄(ほの)かに辺りを照らしていた。

半兵衛と半次は仮眠を取り、音次郎が家作の武者窓から木島屋敷を見張っていた。

子の刻九つ（午前零時）の鐘の音が遠くから響いた。

黒猫が辻行燈の明かりの前を過ぎり、木島屋敷の門前から土塀に駆け上がった。

「あっ……」

音次郎は思わず声をあげた。

「どうした……」

半兵衛と半次が眼を覚まし、武者窓の傍の音次郎の隣に寄った。

「はい。今、黒猫が木島屋敷に……」

音次郎は、緊張に強張りながら告げた。

「よし。私は木島屋敷に何が起こるか見定める。半次と音次郎は、辺りに潜んでいる筈の堂守の佐平を捜すんだ」

半兵衛は命じた。

「承知。じゃあ音次郎、裏門から出るぞ」

「合点です」

半次と音次郎は家作から出て行った。

半兵衛は、巻羽織を脱ぎ、刀を腰に差しながら続いた。


裏門から出た路地には、既に半次と音次郎の姿は見えなかった。

半兵衛は、裏門を出て路地の暗がりを表に向かった。

木島屋敷の門前に人の潜んでいる気配は窺えなかった。

半兵衛は見定め、木島屋敷の裏手に続く路地に走り込んだ。


土塀沿いの裏路地に人影はなかった。

半兵衛は走り、土塀の上に素早くよじ登って伏せた。

木島屋敷は座敷の雨戸を閉め、静けさに沈んでいた。

半兵衛は、土塀の上に伏せて木島屋敷を見守った。


半次と音次郎は、木島屋敷の周囲に堂守の佐平を捜した。

堂守佐平の姿は、木島屋敷の周囲の通りや路地の何処にも見えなかった。

「何処にもいませんね」

音次郎は焦った。

「ああ。佐平が元修験者だったらどんな手を使うか分かったもんじゃあない。油断するんじゃあない」

半次は、慎重に辺りを見廻した。

周囲に人影は見えず、連なる屋敷の屋根は月明かりを浴びて淡く輝いていた。

猫の怒る鳴き声が響いた。

半兵衛は、土塀の上から猫の鳴き声のした処を探した。

座敷の雨戸は閉まったままであり、猫の鳴き声と物音がした。

半兵衛は、座敷の雨戸を見詰めた。

雨戸の僅かな隙間から黒い物が飛び出した。

黒猫……。

半兵衛は咄嗟に見定めた。

次の瞬間、血相を変えた若い侍が刀を手にし、雨戸を蹴破って飛び出して来た。

木島又四郎……。

半兵衛は見定めた。

又四郎は、眼を血走らせ、寝間着の前をはだけて庭を見廻した。そして、庭の隅に黒猫を見付けた。

黒猫は首に巻いた赤い布切れを震わせ、背中の毛を逆立てて牙を剝いて威嚇した。

「おのれ、化けて出たか……」

又四郎は、黒猫を睨み付けた。

黒猫は、牙を剝いて唸った。

次の瞬間、又四郎は黒猫に抜き打ちの一刀を放った。

刹那、黒猫は地を蹴って跳び、又四郎の顔に飛び掛かった。

又四郎は、咄嗟に顔を背けて躱した。

黒猫は、又四郎の背後に着地して鳴いた。

又四郎の頰に細い爪痕が三筋残され、血が滴り落ちた。

「おのれ……」

又四郎は怒りに震え、黒猫に向かって刀を振り廻した。

黒猫は、身軽に跳び、走り、又四郎を翻弄した。

仕込まれている……。

半兵衛は、黒猫が刀を躱して闘うように仕込まれているのに気が付いた。

堂守佐平の仕業だ……。

半兵衛は眠んだ。

「化け物……」

又四郎は、息を苦しく鳴らし、黒猫を追って刀を振り廻した。

刀は月明かりを受け、蒼白く瞬いた。

「又四郎……」

初老の武士が槍を持った下男を従え、厳しい面持ちで駆け付けて来た。

父親の木島平蔵だ……。

半兵衛は見定めた。

又四郎は、駆け付けた父親の木島平蔵に血走った眼を向けた。

「な、何をしている……」

木島は微かに怯んだ。

「父上……」

又四郎は、握る刀を震わせ、父親の木島を縋るように見詰めた。

「引け、刀を引け……」

木島は、嗄れ声を震わせた。

又四郎は頷いた。

刹那、庭の暗がりに潜んだ黒猫が怒ったような鳴き声をあげた。

「お、おのれ、化け物……」

又四郎は、嗄れ声で叫び、刀を滅茶苦茶に振り廻した。

「止めろ。又四郎、刀を引け……」

木島は狼狽えた。

だが、又四郎は喚き、刀を振り廻し続けた。

黒猫は、又四郎を翻弄するように暗がりを跳び、走り廻った。

「おのれ、おのれ、化け物、妖怪……」

又四郎は、泣き叫んで刀を振り廻した。

「止めろ、又四郎……」

木島は、刀を振り廻す又四郎に近付き、背後から押さえた。

又四郎は、喚きながら木島を振り払った。

刀が閃いた。

木島は、腕を僅かに斬られて仰け反り後退した。

「血迷ったか、又四郎……」

木島は嗄れ声を震わせ、下男の持つ槍を取った。

「だ、旦那さま……」

下男は慌てた。

「此迄だ……」

木島は、何かに取り憑かれたように刀を振り廻している倅の又四郎の腰を槍で刺した。

又四郎は、悲鳴もあげずに仰け反り、凍て付いた。そして、己の腰に突き刺さっている槍を握る木島を呆然と見た。

「ち、父上……」

又四郎は、哀しげに顔を歪めた。

「ゆ、許せ、又四郎……」

木島は、槍を引いた。

又四郎は、引き摺られたように仰向けに倒れた。

「ば、化け猫……」

又四郎は、夜空に呟いて意識を失った。

「医者だ、医者を呼べ……」

木島は下男に命じ、仰向けに倒れている又四郎に駆け寄った。

半兵衛は、見届けて土塀の上から路地に跳び下りた。

眼の前に黒猫がいた。

半兵衛は、思わず身構えた。

黒猫は、半兵衛に向かって小さく鳴き、路地の闇に素早く駆け去った。

半兵衛は、黒猫を追わずに路地を表に向かった。

表の通りには近所の者たちが集まり、木島屋敷を見ながら囁き合っていた。

半兵衛は、何気ない素振りで斜向かいの御家人屋敷の家作に向かった。

半次と音次郎は、木島屋敷の隣の屋敷の横手にいた。

黒猫が、路地の暗がりから現れた。

「音次郎……」

半次は、音次郎を制して黒猫を見守った。

黒猫は、隣の屋敷の屋根を見上げて甘えるような声で鳴いた。

黒っぽい着物と軽衫袴の男が、隣の屋敷の屋根の上から跳び下りて来た。

「親分……」

音次郎は、緊張に喉を引き攣らせて囁いた。

「ああ……」

半次は頷いた。

黒っぽい着物に軽衫袴の男は、痩せていて白髪頭だった。

佐平だ……。

半次と音次郎は見定めた。

佐平は、隣の屋敷の屋根の上に潜んで木島屋敷の庭を見ていたのだ。

佐平は、足に擦り寄る黒猫の頭を撫でて抱き上げ、夜の武家屋敷街に走り出した。

「親分、追いますか……」

「うん。きっと行き先は中里町の稲荷堂だ」

半次は読み、佐平を追った。

音次郎は続いた。

堂守の佐平は、玉池稲荷に隠してあった笈に黒猫を入れて担ぎ、牛込中里町に走った。

佐平は、年老いていても修験者として鍛えてきた所為(せい)か足が速かった。

半次と音次郎は、懸命に追った。

佐平は、中里町外れの稲荷堂裏の小屋に戻った。

半次と音次郎は見届けた。

木島又四郎は、父親の平蔵に腰を槍で突き刺された。

駆け付けた医者は、命は辛うじて取り留めるが、生涯寝たきりの身体になると見立てた。

片岡精一郎と梅吉の死に続いての木島又四郎の惨劇……。

世間は様々な悪事を働いた挙げ句、黒猫を面白半分で嬲(なぶ)り殺(ごろ)しにした祟りだと恐ろしそうに囁き合った。

殺された黒猫の祟り……。

黒猫が妖怪となって化けて出た……。

噂は、瞬く間に江戸の町に広まった。

明神下通りの裏の長屋は、おかみさんたちの洗濯とお喋りも終わり、静寂が訪れていた。

木戸の傍の古い地蔵尊は、その頭を陽差しに輝かせていた。

長屋の奥の家の腰高障子が開いた。

浪人の水沢恭之助が現れ、地蔵尊に手を合わせ、その頭をさっと一撫でして木戸を後にした。

半兵衛が音次郎を従えて現れ、水沢恭之助を追った。

水沢は、明神下の通りを神田川に向かった。

行き先は、病の老女のいる千駄木の植木屋ではない。

となると……。

半兵衛は、水沢の行き先を読んだ。

「水沢恭之助、何処に行くんですかね」

音次郎は眉をひそめた。

「おそらく中里町だよ」

「じゃあ、堂守の佐平の処ですか……」

「うむ……」

半兵衛は頷き、水沢恭之助を慎重に尾行た。


中里町の稲荷堂の背後に広がる田畑の緑は、吹き抜ける風に揺れていた。

堂守の佐平は、黒猫を始めとした飼い猫に餌をやるなどの世話をし、稲荷堂とその周囲を丁寧に掃除した。

半次は、物陰から見守った。

掃除をしていた佐平が掃除の手を止め、一方を見詰めた。

半次は、佐平の視線を追った。

浪人の水沢恭之助がやって来るのが見えた。

水沢恭之助……。

半次は緊張した。

佐平は、眼を細めて水沢を見詰めた。

「やあ……」

水沢は、佐平に笑い掛けた。

「旦那……」

佐平は会釈をした。

「首尾良く終わったな」

「はい。旦那がくろの母猫のたまを嬲り殺しにした三人を突き止め、下調べをしてくれたお陰です」

佐平は、水沢に頭を下げた。

「なあに、私もお陰で父の無念を晴らせた」

「御父上さまの無念……」

佐平は眉をひそめた。

「ああ。私の父は旗本御家人を管轄する徒目付組頭だった。そして、片岡精一郎や木島又四郎の悪事を探索していた時、何者かが屋敷に金を届け、賄賂を貰っていると評定所に密告してね。父は御役御免、家は取り潰し。父はそれを恥じて無念の切腹、母は失意の内に心の臓を悪くした……」

水沢は、苦笑しながら刀の鯉口を切った。

「お気の毒に……」

佐平は、水沢の両親に同情しながら懐の匕首を握った。

水沢と佐平の間に殺気が漲った。

「成る程、そう云う訳か……」

半兵衛の笑みを含んだ声がした。

水沢と佐平は振り返った。

半兵衛が佇んでいた。

「白縫さん……」

水沢は眉をひそめた。

「水沢恭之助、佐平。今更殺し合い、口を封じ合った処で無駄だよ」

半兵衛は笑った。

水沢と佐平は狼狽えた。

「もう良いじゃあないか。此のまま別れて互いを忘れ、二度と逢わなければ……」

「何……」

水沢と佐平は、戸惑いを浮かべた。

「片岡精一郎と梅吉は、嬲り殺しにした黒猫に祟られて溺れ死にし、心の臓の発作で死んだ。そして、木島又四郎は血迷って暴れ、父親に槍で刺されて寝たきりの身体になってしまった。身から出た錆、自業自得。それで良いじゃあないか……」

「白縫さん……」

水沢と佐平は、半兵衛の言葉に呆然とした。

「世の中には、私たち町奉行所の者が知らない方が良い事があってね。何もかも自分たちが嬲り殺しにした黒猫の祟り、化け猫、妖怪の仕業……」

半兵衛は、笑みを浮かべて水沢と佐平に語り掛けた。

水沢と佐平は立ち尽くした。

「水沢恭之助、佐平、それでも互いの口を封じたければ、勝手に殺し合うんだな。私は生き残った方をお縄にする……」

半兵衛は、不敵に云い放った。

「分かりました。礼を申します……」

水沢は、半兵衛に感謝の眼を向け、深々と頭を下げて踵を返した。

佐平は、立ち去って行く水沢を見送った。

「佐平……」

「旦那、お騒がせして申し訳ありませんでした。手前は猫と一緒に江戸から立ち去ります」

佐平は、半兵衛に深々と頭を下げた。

「そいつが良い。じゃあな……」

半兵衛は、佐平に笑い掛けて稲荷堂の前から離れた。

半次と音次郎が現れ、半兵衛に従った。

道端にいた首に赤い布切れを巻いた黒猫は、半兵衛を見上げて甘えた声で鳴いた。

半兵衛は苦笑した。

第四話　取立屋

一

北町奉行所の表門は、明け六つ（午前六時）に開けられる。

北町奉行所臨時廻り同心白縫半兵衛は、岡っ引の本湊の半次と下っ引の音次郎を伴って外濠に架かっている呉服橋御門を渡った。

北町奉行所は呉服橋御門内にあり、様々な者が出入りしていた。

「旦那……」

半次が足を止めた。

「なんだい……」

半兵衛は、怪訝(けげん)に立ち止まった。

「あの娘……」

半次は、表門の前から北町奉行所を見詰めている町方の娘を示した。

町方の娘は十五、六歳であり、不安げな面持ちだった。

「町奉行所に何か用なのかな……」

半兵衛は眉をひそめた。

「ええ……」

「気後れしちゃっているんですかね」

音次郎は苦笑した。

「きっとね。音次郎、ちょいと声を掛けてみな……」

半兵衛は命じた。

「はい……」

音次郎は、軽い足取りで十五、六歳の町方の娘に向かった。

半兵衛と音次郎は見守った。

音次郎は、十五、六歳の町方の娘に声を掛けた。

町方の娘は驚き怯え、慌てて音次郎に頭を下げてその場を離れた。

「えっ、おい。待ちな……」

音次郎は狼狽えた。

町方の娘は、小走りに呉服橋御門に向かった。

「押さえますか……」

半次は、半兵衛を窺った。

「いや。ちょいと後を尾行(つけ)てみな」

半兵衛は眉をひそめた。

「心得ました。音次郎……」

半次は、音次郎と十五、六歳の町方の娘を追った。

半兵衛は見送った。

十五、六歳の町方の娘は、呉服橋御門を小走りに渡り、日本橋川に架かっている一石橋(いちこくばし)に向かった。

半次と音次郎は、物陰伝(ものかげづた)いに尾行した。

町方の娘は、一石橋を渡って外濠沿いを進んで竜閑橋(りゅうかんばし)から鎌倉河岸(かまくらがし)に曲がった。

鎌倉河岸は、江戸城大修築の時、石垣に使う石を船で運んで陸揚(りくあ)げした場所であり、その時の人足や石工(いしく)に鎌倉出身の者が多かった為、付けられた名である。

鎌倉河岸は、荷船の荷揚げ荷下ろしも終わって静けさが漂っていた。

町方の娘は、閑散とした鎌倉河岸を通り抜けて神田三河町に曲がった。

半次と音次郎は尾行た。

神田三河町は南北に続いている。

町方の娘は、三河町一丁目の外れにある長屋の木戸を潜った。

音次郎は木戸に走り、町方の娘が長屋の奥の家に入るのを見届けた。

「どうだ……」

半次が、音次郎のいる木戸にやって来た。

「はい。奥の家に入りました」

「奥の家か……」

半次は、木戸から長屋を眺めた。

長屋の井戸端に人はいなく、赤ん坊の泣き声が響いていた。

「よし。ちょいと自身番に行ってくる。娘が動くかどうか見張っていてくれ」

「合点です……」

音次郎は頷いた。

半次は、自身番に向かった。

音次郎は、長屋の奥の家を見張った。

「ああ。あそこは忠兵衛長屋って云いましてね。表通りの瀬戸物屋の持ち物ですよ」

自身番の店番は、半次に告げた。

「そうですか。で、奥の家に十五、六の娘が住んでいる筈なんですが、名前は分かるかな」

半次は尋ねた。

「十五、六歳の娘ですか……」

店番は、町内の住人名簿を捲った。

「ああ……」

「忠兵衛長屋に住んでいる十五、六歳の娘でしたら、居職の錺職人の喜十さんの娘のおふみですね」

店番は、住人名簿を見ながら告げた。

「錺職の喜十の娘のおふみ……」

半次は、十五、六歳の町方の娘の名前を知った。

「ええ。親分さん、おふみがどうかしたんですか……」

店番は眉をひそめた。

「いや。別にどうしたって訳じゃあないんですがね。忠兵衛長屋には他にどんな人が住んでいるのかな……」

半次は、店番に笑い掛けた。


長屋の奥の家の腰高障子が開いた。

音次郎は、木戸の陰から見守った。

前掛をした十五、六歳の娘が、奥の家から出て来た。
十五、六歳の娘は、木戸近くの家にやって来て腰高障子を小さく叩いた。
「おばさん、おふみです。おばさん……」
十五、六歳の娘は、木戸近くの家に小声で呼び掛けた。
名前はおふみ……。

音次郎は、十五、六歳の娘の名を知った。

「お邪魔します」

家の中から返事があったのか、おふみは家の中に入った。

音次郎は見守った。

僅かな刻が過ぎた。

おふみが出て来た。

「じゃあ、おばさん、行って来ます」

おふみは、家の中に声を掛けて長屋の木戸を出て行った。

音次郎は追った。

通りには八百屋、魚屋、小間物屋、乾物屋、荒物屋、傘屋、豆腐屋、雑穀屋、蕎麦屋、甘味屋など様々な店が軒を連ねていた。

おふみは、乾物屋で鯵の干物を四枚買って八百屋に向かった。そして、八百屋で大根や葱を買った。

晩飯の買い物か……。

音次郎は追った。

派手な半纏の男が二人、音次郎を追い抜いて前に出た。

何だ……。

音次郎は眉をひそめた。

二人の派手な半纏の男の前には、買い物をするおふみがいた。

おふみは、連なる店を見ながらゆっくりと進んでいた。

二人の派手な半纏の男は、店を見ながら進むおふみを追い抜きはしなかった。

どうしてだ……。

音次郎は、戸惑いを覚えた。

二人の派手な半纏の男が不意に動き、おふみを路地に押し込んだ。

音次郎は驚き、追って路地に入ろうとした。

だが、二人の派手な半纏の男は、おふみを板塀に押し付けていた。

音次郎は、慌てて身を引いた。

二人の派手な半纏の男は、おふみを脅していた。

「おふみ、伊之吉の野郎、本当に長屋に戻って来ていねえんだな」

「は、はい……」

おふみは、恐ろしそうに頷いた。

「で、本当に何処にいるのかも分からねえんだな」

「はい……」

「じゃあ、伊之吉が長屋に戻ったら、親方の処にさっさと顔を出せと伝えろ」

二人の派手な半纏の男は、おふみに凄味を効かせて路地から出て行った。
音次郎は路地を覗いた。
おふみは板塀に寄り掛かり、空を見上げて溜息を吐いた。
「伊之吉さん……」
涙が頰を流れ落ちた。
くそ……。
音次郎は、二人の派手な半纏の男を追った。
行き交う人々の中に、二人の派手な半纏の男が見えた。
何処の誰か見定めてやる……。
音次郎は追った。

忠兵衛長屋の木戸に音次郎はいなかった。
自身番から戻った半次は、辺りに音次郎を捜した。
だが、やはり音次郎は何処にもいなかった。
おふみが出掛け、音次郎は追った……。
半次は読んだ。

おふみが戻って来た。

大根や葱などの買った物を抱え、沈んだ顔で重い足取りだった。

半次は見守った。

おふみは、木戸で立ち止まって忠兵衛長屋を眺めた。そして、自分を励(はげ)ますかのように笑顔を作り、軽い足取りで木戸を潜った。

半次は見送り、怪訝に辺りを見廻した。

音次郎は、追って現れなかった。

おふみを追っていなかったのか……。

半次は眉をひそめた。


神田川に架かっている筋違(すじかい)御門には、大勢の人が行き交っていた。

二人の派手な半纏を着た男は、神田八ツ小路から筋違御門を渡った。

音次郎は尾行(つけ)た。

二人の派手な半纏の男は、神田川北岸にある神田花房町(はなぶさちょう)に向かった。

神田花房町の間の往来は下谷御成(おなり)街道と称され、下谷広小路に続いている。

二人の派手な半纏の男は、神田花房町の裏通りに入った。そして、高い黒板塀に囲まれた仕舞屋に入って行った。

音次郎は見届けた。

誰の家だ……。

音次郎は、辺りを見廻した。

黒板塀の仕舞屋の斜向かいに小さな荒物屋があり、年老いた亭主が店先の掃除をしていた。

音次郎は、荒物屋の老亭主に駆け寄った。

「父っつあん、ちょいと訊きたいのだが……」

音次郎は、懐の十手を見せた。

「おう。なんだい……」

老亭主は、白髪眉をひそめた。

「あの黒板塀の仕舞屋、誰の家かな……」

「ああ。あの家は取立屋の五郎蔵の家だよ」

「取立屋の五郎蔵……」

「ああ。金貸しから焦付いた借用証文を安く買い取って取り立てる奴だよ」

老亭主は、嘲りを浮かべた。

「取立屋の五郎蔵、余り評判は良くないようだね」

音次郎は、老亭主の腹の内を読んだ。

「ああ。若い奴らを使って、血も涙もねえ酷い野郎だ」

老亭主は吐き棄てた。

「へえ、そんな野郎なのか……」

五郎蔵は、手下を使って悪辣に金を取り立てる取立屋なのだ。

二人の派手な半纏の男は、取立屋五郎蔵の手下だった。そして、五郎蔵たちは、おふみの知り合いの伊之吉と云う男を捜しているのだ。

音次郎は読んだ。

伊之吉とは何者なのか……。

音次郎は眉をひそめた。


北町奉行所にいた半兵衛は、戻って来た半次を伴って一石橋の傍の蕎麦屋を訪れ、酒を頼んだ。

半次は、運ばれた酒を半兵衛に酌をしながら十五、六歳の娘について分かった事を報せた。

「神田三河町の忠兵衛長屋に住む錺職の喜十の娘のおふみか……」

半兵衛は、注がれた酒を飲んだ。

「はい。父親の喜十は腕の良い錺職だそうでしてね。人柄も良く、贔屓客も多くて金に困っている様子はないとか……」

半次は、手酌で酒を飲んだ。

「そうか……」

「で、長屋の住人に妙な奴はいないか訊いたんですが、一人だけ……」

「一人だけいたのか……」

半兵衛は眉をひそめた。

「はい。伊之吉って十八歳になる餓鬼なんですがね。真っ当な仕事もせず、ふらふらしているとか……」

「伊之吉か。おふみが北町奉行所に来たのと拘わりがあるのかな……」

半兵衛は、手酌で酒を飲んだ。

「その辺は未だ……」

半次は告げた。

「遅くなりました……」

音次郎が入って来た。

「おお、御苦労さん……」

半兵衛は迎えた。

「何処に行っていたんだ……」

半次は尋ねた。

「はい。買い物に出掛けたおふみを追ったんですが、途中で借金の取立屋の手下たちが現れましてね……」

「取立屋……」

「はい。神田花房町に住む五郎蔵って奴です」

「五郎蔵か……」

「はい。で、その手下共がおふみの知り合いの伊之吉って野郎を捜していましてね……」

「伊之吉……」

半次は眉をひそめた。

「半次……」

「ええ……」

「よし、音次郎。腹拵えをして仔細を話してみな……」

「はい。じゃあ父っつあん。盛りを三枚頼むぜ……」

音次郎は、蕎麦屋の亭主に盛り蕎麦を三枚頼んだ。


三河町の忠兵衛長屋に住む伊之吉は、取立屋の五郎蔵の手下に追われている。手下は、五郎蔵に命じられて伊之吉を追っているのだ。

同じ長屋に住むおふみは、そんな伊之吉の身を案じて北町奉行所に相談に来たのかもしれない。

半兵衛は、半次や音次郎の話を聞いてそう読んだ。

しかし、伊之吉がどうして五郎蔵に追われているのかは分からない。

先ずはそこからだ……。

「半次、音次郎。おふみと伊之吉、伊之吉と五郎蔵、それぞれの拘わりをちょいと調べてくれ……」

半兵衛は命じた。


忠兵衛長屋の井戸端は、夕食を作るおかみさんたちで賑わっていた。

半次と音次郎は、木戸の陰から見守った。

刻が過ぎ、おかみさんたちは各々の家に戻り、井戸端は静かになった。

奥の家の腰高障子が開いた。

おふみが、布巾を掛けたお盆を持って現れ、木戸の傍の家を訪れた。

「おばさん、おふみです……」

家の中から返事がした。

「お邪魔します」

おふみは家の中に入って行った。

「おふみ、病に伏せっている伊之吉のおっ母さんに飯を運んでいるようですね」

音次郎は読んだ。

「ああ。おふみ、自分から進んでやっているのか、それとも頼まれてやっているのか、どっちにしろ良い気立ての娘だな」

「ええ……」

音次郎は頷いた。

「よし。俺は花房町の五郎蔵の家を見て来る。音次郎、ひょっとしたら伊之吉が戻って来るかもしれない。お前は此処を見張っていろ」

「承知……」

音次郎は頷いた。

「じゃあな……」

半次は、夕暮れ時の町を神田花房町に急いだ。

取立屋五郎蔵の家は、黒板塀に囲まれて静寂に満ちていた。

半次は、雨戸を閉めた荒物屋の軒下に佇み、斜向かいの五郎蔵の家を眺めた。

町方の男が現れ、五郎蔵の家の様子を窺った。

誰だ……。

半次は、男を見据えた。

男の顔は暗くて良く分からないが、その身の熟しや動きは若々しかった。

若い男……。

半次は、若い男を見守った。

若い男は、黒塀の木戸門から離れ、素早く暗がりに潜んだ。

誰かが出て来る……。

半次は、若い男の動きからそう読んだ。

黒塀の木戸門が開き、派手な半纏を着た二人の男が出て来た。

おふみを脅した五郎蔵の手下か……。

半次は読んだ。

派手な半纏を着た二人の男は、神田川沿いの道に向かった。

若い男が潜んだ暗がりから現れ、派手な半纏を着た二人の男を尾行た。

何だ……。

半次は、戸惑いながら追った。

神田川沿いの道に人影はなかった。

派手な半纏を着た二人の男は、神田川沿いの道を昌平橋に向かった。

若い男は追った。

半次は続いた。

派手な半纏を着た二人の男は、昌平橋の袂で別れた。

年嵩の男は真っ直ぐ進み、年下の男は昌平橋を渡って八ツ小路に向かった。

若い男は、年嵩の男を追った。

半次が若い男に続こうとした時、年下の男が昌平橋の袂に戻って若い男に続いた。

何だ……。

半次は戸惑いを浮かべた。

年下の男は、昌平橋を渡ったと見せ掛けて戻って来たのだ。

罠……。

半次は眉をひそめた。

二

神田川の流れは月影を揺らしていた。

派手な半纏を着た年嵩の男は、神田川沿いの道を進んだ。

若い男は追った。

派手な半纏を着た年嵩の男は、昌平坂の前で立ち止まって振り返った。

若い男は立ち止まった。

「やっぱり伊之吉、お前か……」

派手な半纏を着た年嵩の男は、若い男を見て嘲りを浮かべた。

若い男は伊之吉だった。

「喜多八の兄貴……」

伊之吉は、声を震わせた。

「捜したぜ、伊之吉。五郎蔵の親方が怒り狂っている……」

喜多八と呼ばれた派手な半纏を着た年嵩の男は、冷ややかな笑みを浮かべた。

「き、喜多八の兄貴、話が違い……」

伊之吉は、声を引き攣らせた。

「煩せえ……」

喜多八は、遮るように怒鳴った。

「そ、そんな……」

伊之吉は後退りした。

派手な半纏を着た年下の男が、いつの間にか背後にいた。

「千吉……」

伊之吉は怯んだ。

「伊之吉……」

千吉と呼ばれた派手な半纏を着た年下の男は、嘲笑を浮かべて匕首を抜いた。

「ぶち殺してやる……」

千吉は、伊之吉に向かって匕首を構えた。

匕首は蒼白く輝いた。

「き、喜多八の兄貴……」

伊之吉は、喜多八に縋る眼差しを向けた。

「済まねえな、伊之吉……」

喜多八は笑った。

千吉が匕首を構え、伊之吉に迫った。

刹那、呼び子笛の音が甲高く鳴り響いた。

喜多八と千吉は驚いた。

半次は、暗がりに潜んだまま呼び子笛を吹き鳴らし、怒鳴って騒ぎ立てた。

「人殺しだ、人殺し……」

辺りの家に明かりが灯され、人が出て来始めた。

喜多八と千吉は怯んだ。

次の瞬間、伊之吉は神田川に走り、身を躍らせた。

水飛沫があがり、月明かりに煌めいた。

「あ、兄貴……」

千吉は狼狽えた。

「くそ。逃げろ、千吉……」

喜多八は、千吉に告げて昌平坂に走った。

千吉は迷い躊躇い、昌平橋に走った。


半次は暗がりに潜み、昌平橋に走る千吉を遣り過ごした。

よし……。

半次は、千吉を追った。

伊之吉は、自ら神田川に飛び込んだ。それは、泳ぎに自信があるからだ。

ま、溺れ死ぬ心配はあるまい……。

半次は、そう見極めて千吉を追った。


千吉は昌平橋を駆け渡り、神田八ツ小路で息を吐いた。そして、追って来る者がいないと見定め、柳原通りに進んだ。

昌平橋の袂から半次が現れ、暗がり伝いに千吉を追った。

千吉は、柳原通りを足早に進み、柳森稲荷の前に差し掛かった。

柳森稲荷の鳥居の前には、葦簀張りの飲み屋があり、数人の男が安酒を飲んでいた。

千吉は、葦簀張りの飲み屋に入った。

半次は見送った。

さあて、どうする……。

先ずは、伊之吉が何をして取立屋の五郎蔵に追われているのかだ。

半次は、それを知る手立てを思案した。

よし……。

半次は決めた。

四半刻が過ぎた。

千吉は、安酒を引っ掛けて葦簀張りの飲み屋から出て来た。

半次は、手拭で鼻と口元を隠し、十手を握り締めて千吉の背後に忍び寄った。

千吉は、忍び寄る半次の気配に気付いて振り返った。

刹那、半次は千吉の頭を十手で鋭く打ち据えた。

千吉は、白目を剝いて気を失い、その場に崩れ落ちた。

半次は、気を失った千吉を柳森稲荷の裏手に引き摺り込んだ。

半次は、拾った荒縄で千吉を木の幹に縛り付けて懐の匕首を取り上げた。

千吉は、微かに呻いた。

半次は、千吉の頬を平手で叩いた。

千吉は気を取り戻し、己が縛られているのに驚いた。

「気が付いたかい……」

半次は、嘲りを浮かべた。

「て、手前……」

千吉は、怯えと怒りを交錯させて踠いた。

「静かにしな……」

半次は、千吉に匕首を突き付けた。

千吉は顔を歪めて仰け反り、恐怖に激しく震えた。

「伊之吉は何をしたんだい……」

半次は尋ねた。

「い、伊之吉……」

「ああ。追っているんだろう」

「知らねえ……」

「千吉、惚けても良い事はねえぜ……」

半次は、笑みを含んだ声で告げ、匕首の鎬で千吉の頬を叩いた。

千吉は、喉を引き攣らせて呻いた。

「何だったら素っ裸にして縛り上げ、神田川に放り込んでもいいんだぜ」

半次はせせら笑った。

「い、伊之吉。取り立てた金を持ち逃げしやがったんだ」

千吉は、恐怖に嗄れ声を震わせた。

「取り立てた金を持ち逃げした……」

「ああ……」

「幾らだ……」

「二十両……」

「二十両とは大金だな」

「伊之吉の奴、おっ母さんが心の臓の病で金を欲しがっていたから、つい持ち逃げしちまったんだぜ」

「それで、お前と喜多八が伊之吉を捜しているのか……」

「ああ、五郎蔵の親方が二十両を取り戻して伊之吉の野郎をぶち殺せって……」

「千吉、今の話に嘘偽りはねえな」

半次は念を押した。

「ああ……」

「千吉、もし嘘偽りだったら、親方の五郎蔵にお前が取立ての事を何もかも喋ったと報せるぜ」

半次は脅した。

「そ、そんな……」

千吉は狼狽え、恐怖に震えた。

「だったら千吉、俺との事は綺麗さっぱり忘れ、誰にも云わない方が身の為だぜ……」

半次は、冷ややかに笑った。

神田川を行く船の櫓の軋みが、夜空に甲高く響いた。

「取り立てた二十両の金を持ち逃げか……」

半兵衛は眉をひそめた。

「はい。それで五郎蔵の命を受けた喜多八と千吉に追われている……」

半次は頷いた。

「うん。ま、そんな処だろうが……」

半兵衛は眉をひそめた。

「旦那、何か……」

半次は、半兵衛に怪訝な眼を向けた。

「うん。半次、もしそうなら伊之吉は、どうして昨夜、捜している喜多八の前に自分から現れたのかな……」

「えっ……」

「親方の五郎蔵に云われて自分を捜している喜多八の前に、何故かな……」

半兵衛は、厳しさを滲ませた。

「そうですね……」

半次は、半兵衛の疑念に気が付いた。

「その辺の事情は、おふみが知っているかもしれないな……」

半兵衛は読んだ。

忠兵衛長屋は、おかみさんたちの洗濯も終わり、静かな時を迎えていた。

音次郎は、木戸の傍から見張りを続けていた。

「変わった事はないようだな……」

半次と半兵衛がやって来た。

「はい……」

音次郎は頷いた。

「して、おふみはどうしている」

半兵衛は、奥の家を眺めた。

「さっき迄、おかみさんたちと洗濯をしていましたよ」

「洗濯か……」

「ええ。父親の喜十と自分の物の他に病の伊之吉の母親の洗濯物も……」

音次郎は告げた。

「ほう。伊之吉の母親の洗濯物もね」

「はい……」

奥の家の腰高障子が開き、おふみが出て来た。

半兵衛、半次、音次郎は見守った。

おふみは、前掛を外しながら忠兵衛長屋の木戸を出た。

「よし、私と音次郎が追う。半次は此処を頼むよ」

「承知……」

半次は頷いた。

半兵衛は、音次郎を連れておふみを追った。

鎌倉河岸は荷積み荷下ろしも終わり、問屋場の小僧や下男が掃除をしていた。

おふみは、鎌倉河岸を抜けて神田堀に架かる竜閑橋を渡り、外濠沿いを一石橋に向かった。

半兵衛と音次郎は追った。

「旦那、ひょっとしたら北町奉行所に行くんじゃありませんか……」

音次郎は、おふみの行き先を読んだ。

「うん。よし……」

半兵衛は、足取りを速めた。

音次郎は続いた。

「おふみ……」

半兵衛は、おふみを呼び止めた。

おふみは、立ち止まって振り返った。

「やあ……」

半兵衛は笑い掛けた。

おふみは、戸惑いを浮かべて半兵衛に会釈をした。

「私は北町奉行所の白縫半兵衛と云う者だが、伊之吉の事でちょいと訊きたいんだがね」

「伊之吉さんの事……」

おふみは、緊張を浮かべた。

「うん。伊之吉、昨夜、取立屋の五郎蔵の手下共に殺されそうになってね」

半兵衛は、おふみを見据えて告げた。

「伊之吉さんが……」

おふみは血相を変えた。

「ああ。おふみ、昨日お前が北町奉行所に来たのは、伊之吉の身を心配しての事だね」

半兵衛は読んだ。

「は、はい。白縫さま、伊之吉さんを助けてやって下さい。此の通りです。お願いです」

おふみは、半兵衛に深々と頭を下げた。

「心配はいらないよ、おふみ。だが、その前にいろいろ聞かせて貰うよ」

半兵衛は微笑んだ。

外濠に風が吹き抜け、水面に小波が走った。

おふみは、不安げに見詰めた。

「おふみ、伊之吉は取り立てた金を持ち逃げしたとして、取立屋の親方五郎蔵に追われているそうだね……」

「嘘です。違います。伊之吉さんは騙されたんです」

おふみは訴えた。

「騙された……」

半兵衛は眉をひそめた。

「はい。伊之吉さんは、喜多八って兄貴分の云う通りにしただけなんだそうです。それなのにいつの間にか取り立てたお金を持ち逃げした事にされたって……」

「兄貴分の喜多八か……」

「はい……」

「それにしても伊之吉、どうして取立屋の五郎蔵の処で働くようになったんだい」

音次郎は尋ねた。

「伊之吉さん、以前は明神下の大工大総で働いていたんですが、おっ母さんが心の臓の病で倒れ、いろいろお金が入り用になって……」

「で、五郎蔵の手下になったのか……」

「はい。手っ取り早くお金が稼げると聞いてから……」

おふみは、哀しげに俯いた。

「ならばおふみ、伊之吉は取り立てた金を持ち逃げしていないのか……」

「はい。取り立てたお金の二十両は、喜多八さんが持っていたそうなんですが、喜多八さんは伊之吉さんに預けたと……」

「喜多八が伊之吉に預けたと……」

「はい……」

「そして、伊之吉は取立金を持ち逃げした事にされたのか……」

「はい。伊之吉さん、そうとは知らず、花房町の五郎蔵親方の家に行って殺されそうになって、驚いて逃げたそうです」

「以来、追われ、逃げ廻っているか……」

「はい……」

おふみは、哀しげに頷いた。

「おふみ、お前さん、伊之吉の云った事、信じているのかい……」

音次郎は眉をひそめた。

「はい。私は伊之吉さんを信じています」

おふみは、音次郎を見詰めて告げた。

「音次郎、伊之吉の云っている事が本当かどうかは、此からだ」

半兵衛は小さな笑みを浮かべた。

「はい……」

音次郎は頷いた。

「して、おふみ、伊之吉は今、何処に隠れているのか知っているのか……」

半兵衛は尋ねた。

「いえ。知りません……」

おふみは、首を横に振った。

「心当たりもないかな……」

半兵衛は、重ねて尋ねた。

「心当たりですか……」

「うむ。伊之吉に縁のある処や良く知っている場所なんかだ……」

「さあ、私は良く分かりませんが、おばさんなら知っているかもしれません」

「おばさんってのは、伊之吉の母親かな……」

「はい。おゆきさんです……」

「ならばおふみ、伊之吉の母親のおゆきにそれとなく訊いてみてくれ」

半兵衛は頼んだ。

「はい……」

「それからおふみ、もし伊之吉が現れたなら、北町奉行所の白縫半兵衛の処に必ず行くように伝えるんだよ」

半兵衛は命じた。

「はい……」

おふみは頷き、淋しげに外濠を眺めた。

外濠には鴛鴦(おしどり)のつがいが遊び、水飛沫を煌めかせていた。

半兵衛は、半次を忠兵衛長屋に張り付けた。そして、音次郎を従えて神田花房町の取立屋五郎蔵の家に向かった。

黒板塀に囲まれた五郎蔵の家には、取立屋と思われる男たちが出入りしていた。

半兵衛と音次郎は、斜向かいの小さな荒物屋から五郎蔵の家を眺めた。

「出涸(でが)らしですが、良かったらどうぞ……」

老亭主は、半兵衛と音次郎に茶を出した。

「此奴(こいつ)はすまないね、父っつあん。戴(いただ)くよ」

半兵衛は茶を啜った。

茶は薄いが美味かった。

「美味い出涸らしだね……」

半兵衛は誉めた。

「流石は旦那だ……」

老亭主は嬉しげに笑った。

「して、父っつあん、取立屋の五郎蔵の処に喜多八ってのがいるんだが、知っているかな」

「ええ。陰険で狡賢い野郎ですよ」

老亭主は嘲笑を浮かべた。

「そんな奴か……」

喜多八にとって、伊之吉を取立金の持ち逃げに仕立てるなど容易い事なのだ。

半兵衛は睨んだ。

「旦那……」

音次郎は、五郎蔵の家を囲む黒塀の木戸門が開くのを示した。

羽織を着た五十歳絡みの痩せた男が、用心棒の浪人を従えて木戸門から出て来た。

「父っつあん、あの羽織の痩せた男……」

半兵衛は眉をひそめた。

「へい、取立屋の五郎蔵ですぜ」

「やはり五郎蔵か……」

半兵衛は、冷ややかな笑みを浮かべた。

三

下谷御成街道は、神田川に架かっている筋違御門から下谷広小路を結んでいた。

取立屋の五郎蔵は、用心棒の浪人を従えて御成街道を下谷広小路に進んだ。

音次郎が尾行て、半兵衛が続いた。

五郎蔵は、下谷広小路に出て不忍池に向かった。

不忍池の畔には木洩れ日が揺れていた。

五郎蔵は、用心棒の浪人を従えて不忍池の畔を進んだ。そして、不忍池の畔の池之端仲町に入り、板塀を廻した仕舞屋に入った。

音次郎は見届けた。

「此処か……」

半兵衛が、音次郎の許に来た。

「はい。誰の家かちょいと訊いて来ます」

音次郎は駆け去った。

半兵衛は、板塀に囲まれた仕舞屋を眺めた。

板塀に囲まれた仕舞屋に出入りする者はいなかった。

「旦那……」

音次郎が駆け戻って来た。

「分かったか……」

「はい。徳兵衛って金貸しの家でした」

「金貸しの徳兵衛か……」

「ええ……」

「五郎蔵、焦付いた借用証文を買い叩きに来たのかな」

半兵衛は苦笑した。

「成る程、きっとそうですね」

音次郎は頷いた。

僅かな刻が過ぎた。

五郎蔵と用心棒の浪人が、板塀に囲まれた仕舞屋から出て来た。そして、不忍池の畔に向かった。

音次郎が物陰から現れ、五郎蔵と用心棒の浪人を追った。

五郎蔵と用心棒の浪人は、不忍池の畔を下谷広小路に向かった。

不忍池の畔に散歩する者はいなく、小さな古い茶店の老婆が店先の掃除をしていた。

五郎蔵と用心棒の浪人は、小さな古い茶店の前を通り掛かった。

「待ちな、五郎蔵……」

呼び止める声がした。

五郎蔵は立ち止まり、呼び止める声のした方を見た。

小さな古い茶店から半兵衛が出て来た。

五郎蔵は、巻羽織の半兵衛を見て眉をひそめた。

用心棒の浪人が身構えた。

「取立屋の五郎蔵だね……」

半兵衛は、笑顔で念を押した。

「は、はい。旦那は……」

五郎蔵は、腰を僅かに屈めて半兵衛に探る眼を向けた。

「私か、私は白縫半兵衛、北町奉行所の者だ」

「北町の白縫半兵衛の旦那……」

「うん……」

「で、白縫の旦那、手前に何か御用でも……」

「他でもない。伊之吉は勿論、その身内や親しい者の身に何かあったら、只じゃあ済まないよ……」

半兵衛は、五郎蔵にいきなり釘を刺した。

「えっ……」

五郎蔵は、半兵衛が伊之吉の一件を知っているのに戸惑った。

「もし、何かあった時には、拘わりがあろうがなかろうが問答無用で首が飛ぶと覚悟しておくんだね」

半兵衛は、事も無げに云い放った。

「だ、旦那……」

五郎蔵は、顔を強張らせた。

「五郎蔵、先ずは伊之吉が取立金を持ち逃げをしたと云う確かな証拠があるかどうか、見極めるんだな」

「旦那……」

「いいな、五郎蔵。決して先走った真似はするんじゃあないよ」

「は、はい……」

五郎蔵は、強張った面持ちで頷いた。

「じゃあな……」

半兵衛は、五郎蔵に笑い掛けて不忍池の畔を立ち去った。

五郎蔵は、腹立たしげな面持ちで半兵衛を見送った。

「木っ端役人が、村上の旦那……」

五郎蔵は吐き棄て、用心棒の浪人を見た。

「親方、あの同心、かなりの遣い手だ……」

村上と呼ばれた用心棒の浪人は、厳しい面持ちで告げた。

「えっ……」

五郎蔵は眉をひそめた。

「親方の首を斬り飛ばすなど造作もなかろう。云われた通り、先走った真似はしない方が良さそうだな……」

村上は告げた。

「そんな……」

五郎蔵は、怯えた面持ちで半兵衛を見た。

半兵衛は、不忍池の畔を落ち着いた足取りで立ち去って行った。

「此処は大人しくしていた方が無難かもしれぬな……」

村上は苦笑した。

「くそ……」

五郎蔵は苛立った。


音次郎は、木陰から見守った。

五郎蔵と用心棒の村上は、不忍池の畔から御成街道に向かった。

音次郎は追った。


忠兵衛長屋の井戸端ではおかみさんたちがお喋りをし、幼い子供たちが楽しげに遊び廻っていた。

変わった事はない……。

半次は見張った。

おふみは家を出ず、伊之吉の母親おゆきの家に訪れる者もいなかった。

半次は、見張り続けた。

前掛をしたお店の小僧が現れ、おふみの家に走った。そして、おふみの家の腰高障子を叩いた。

半次は見守った。

おふみが、腰高障子を開けて顔を出した。

お店の小僧は、おふみに結び文を渡して駆け去った。

おふみは、結び文を解いて読み、顔色を変えた。

伊之吉からの繫ぎ……。

半次は睨んだ。

おふみは、家で仕事をしている錺職の父親喜十に声を掛け、腰高障子を閉めた。そして、足早に木戸から長屋を出た。

半次は追った。

おふみは、鎌倉河岸に急いだ。

半次は追った。
おふみは、足早に鎌倉河岸を抜けて神田堀に架かっている竜閑橋に差し掛かった。
伊之吉は、何処かに潜んでいる筈だ。
半次は、足早に行くおふみの周囲に伊之吉を捜しながら追った。
おふみは、竜閑橋を渡って神田堀の傍にある閻魔堂に向かった。
閻魔堂だ……。
半次は、伊之吉が閻魔堂に潜んでいると読んだ。

閻魔堂の境内は狭く、誰もいなかった。
おふみは、狭い境内を見廻した。
半次は、閻魔堂の斜向かいの路地に潜んで見守った。
「伊之吉さん……」
おふみは、閻魔堂の周囲に伊之吉を捜した。
伊之吉は、何処にもいなかった。
おふみは、閻魔堂の格子戸を開けて中に入った。

半次は見守った。

閻魔堂の中に伊之吉はいなかったのか、おふみは直ぐに出て来た。そして、途方に暮れたように辺りを見廻した。

伊之吉はどうしたのだ……。

半次は眉をひそめた。

まさか……。

半次は、閻魔堂の斜向かいの路地を出た。

忠兵衛長屋のおゆきの家の腰高障子が僅かに開いた。

伊之吉の母親おゆきは、怪訝な面持ちで蒲団の上に身を起こした。

伊之吉が素早く入り込んで来た。

「伊之吉……」

おゆきは、慌てて蒲団から出た。

「おっ母あ……」

伊之吉は、泣き出しそうな顔で母親のおゆきの傍に座った。

「伊之吉。喜多八って人が来て、お前が取り立てたお金を持ち逃げしたって云っていたけど。本当なのかい……」

　おゆきは、哀しそうに伊之吉を見詰めた。

「違う。俺はそんな事はしちゃあいない」

　伊之吉は、必死に否定した。

「じゃあ、どうして……」

「騙されたんだ。俺は喜多八の兄貴に騙されたんだ……」

　伊之吉は悔しさを露わにした。

「伊之吉、じゃあ町奉行所に行って、騙された事を話して助けて貰うんだよ」

　おゆきは勧めた。

「おっ母あ、町奉行所の奴らは俺の話なんか聞いちゃあくれねえ。聞いてくれる訳がないんだ……」

　伊之吉は、腹立たしげに声を震わせた。

「伊之吉……」

「おっ母あ、此奴は俺が真っ当に働いて貯めて金だ……」

　伊之吉は、巾着に入れた金を出した。

「少ないけど薬代にしてくれ」

「伊之吉、お前だってお金がいるだろう。私は大丈夫だよ。おふみちゃんや喜十さんも良くしてくれるから……」

「おっ母あ、おふみちゃんに迷惑掛けて、心配掛けて。いろいろ世話になって。礼と詫びを云ってくれ。じゃあ……」

伊之吉は、土間に降りて腰高障子を僅かに開けて外を窺った。

「伊之吉……」

おゆきは涙声になった。

「達者でな、おっ母あ……」

伊之吉は外に出た。

「伊之吉……」

おゆきは、泣き崩れた。

伊之吉は、腰高障子を閉めた。

おゆきの泣き声が聞こえた。

「すまねえ、おっ母あ……」

伊之吉は、振り切るように涙を拭って木戸に走った。

おふみを囮に誘き出された……。
半次は睨み、忠兵衛長屋に急いだ。
忠兵衛長屋から伊之吉が現れ、神田川の方に駆け去った。
伊之吉……。
半次は、睨み通りなのを知り、伊之吉を追った。

おふみは待った。
伊之吉の結び文に書いてあった通り、閻魔堂の前で待った。
おふみに不安が湧いた。
伊之吉が来ないのは、その身に何かが起こったからなのかしれない。
不安は募った。
まさか、捕まった……。
伊之吉は、取立屋の五郎蔵たちに見付かって捕まったのかもしれない。
おふみの不安は募った。
だから、閻魔堂に来られないのだ……。

不安は、おふみを包み込んだ。

おふみは、神田花房町にある取立屋五郎蔵の家に向かった。

取立屋五郎蔵と用心棒の浪人村上は、神田花房町の黒板塀に囲まれた仕舞屋に帰った。

音次郎は見届けた。

五郎蔵の家から怒声や物音は聞こえず、変わった様子はなかった。

音次郎は、辺りを見廻した。

辺りにも不審な人影はなく、斜向かいの荒物屋の老亭主が店先の掃除をしていた。

音次郎は、見張りに付いた。

神田三河町から皆川町(みながわちょう)、そして銀町(しろがねちょう)、多町(たちょう)、連雀町(れんじゃくちょう)……。

伊之吉は、連なる町々の裏通りや路地を駆け抜けた。

半次は、見え隠れする伊之吉の後ろ姿を懸命に追った。

神田八ツ小路に行く……。

半次は読み、追った。

半次は、連雀町から神田八ツ小路に出た。

神田八ツ小路には、多くの人が行き交っていた。

半次は、八ツ小路の内の昌平橋、筋違御門、柳原通りに続く三つの道を眺めた。

残る五つの道は、淡路坂(あわじざか)、駿河台(するがだい)、連雀町、三河町筋、須田町から続く道だ。

三河町から来た伊之吉がわざわざ八ツ小路に出て、それらの道に行く筈はない。

伊之吉は、昌平橋、筋違御門、柳原通りのどれかに行く筈だ。

半次は睨み、昌平橋、筋違御門、柳原通りに伊之吉の姿を捜した。だが、その何処にも伊之吉の姿は既に見えなかった。

見失った……。

半次は、悔しさと焦りを滲ませた。

昌平橋と筋違御門は神田川に架かっており、不忍池、下谷広小路、東叡山寛永寺、御徒町などに続き、千駄木や谷中にも行ける。

柳原通りは、神田川沿いに続いて両国広小路に行き着き、浅草や本所に続いている。

伊之吉は、おそらくそのどちらかに行った。

半次は迷った。

よし……。

迷いは短かった。

半次は、柳原通りに急いだ。

伊之吉は柳原通りに進んだ……。

半次は読んだ。

それは、半次の願いでもあり賭(か)けでもあった。

取立屋五郎蔵の家には、出入りをする者もいなく変わりはなかった。

音次郎は、斜向かいの小さな古い荒物屋の店内から見張った。

若い娘がやって来て、取立屋五郎蔵の家の黒板塀の前に佇んだ。そして、肩で弾んだ息を吐きながら五郎蔵の家を眺めた。

おふみ……。

音次郎は、五郎蔵の家を眺める若い娘がおふみだと気が付いた。

おふみは、思い詰めて泣き出しそうな面持ちだった。

どうした、何しに来たのだ……。

音次郎は、怪訝な面持ちでおふみを窺った。

四

神田川は、柳橋を潜って大川に流れ込んでいる。

その柳橋の袂に船宿『笹舟』はあった。

半兵衛は、船宿『笹舟』の主で岡っ引の弥平次を訪れた。

柳橋の弥平次は、南町奉行所吟味方与力秋山久蔵に手札を貰っている岡っ引であり、半兵衛とも昵懇(じっこん)の間柄だった。

「取立屋の五郎蔵、又(また)何か悪辣な真似をしましたか……」

弥平次は眉をひそめた。

「いや。柳橋の、五郎蔵の処にいる喜多八って奴を知っているかな……」

半兵衛は尋ねた。

「ああ。喜多八の野郎ですか……」

弥平次は、喜多八を知っていた。

「うん……」

半兵衛は頷いた。

「喜多八の事なら、あっしより由松が良く知っています。さっき台所にいましたから呼んで来ます。ちょいとお待ち下さい」

「そうか、すまないね」

「いいえ……」

弥平次は座敷を出た。

「お邪魔しますよ」

女将のおまきは、笑みを浮かべて茶を淹れ替えに来た。

「女将、笹舟に変わりはないようだね」

「お蔭さまで、お糸も幸吉たちも達者にしておりますよ」

おまきは、慣れた手付きで茶を淹れ替えた。

「そいつは何よりだ」

半兵衛は微笑んだ。

「お待たせしました」

弥平次が、しゃぼん玉売りの由松を連れて来た。

「では、ごゆっくり……」

おまきは、座敷から立ち去った。

「半兵衛の旦那、御無沙汰しております」

由松は、半兵衛に挨拶をした。

「由松、そいつはお互い様だ。久し振りだね」

半兵衛は笑い掛けた。

「はい。で、取立屋の五郎蔵の処の喜多八がどうかしましたか……」

「どんな奴かな……」

「薄汚くて小狡くて、博奕に眼のねえ野郎ですよ」

「ほう、博奕も打つのか……」

「ええ。本人は博奕打ちを気取っていますが、腕は三下以下でしてね。谷中の賭場で作った借金、二、三日前に漸く返したって話ですよ」

由松は、嘲笑を浮かべた。

「賭場の借金を二、三日前に返した……」

半兵衛は眉をひそめた。

「ええ……」

「その返した借金、幾らかな……」

「えっ。返した借金ですか……」

「うん。分かるかな……」

「いえ。そこ迄は。何でしたら旦那、調べてみましょうか……」

由松は小さく笑った。

「柳橋の……」

半兵衛は、弥平次に笑い掛けた。

「ええ。由松、喜多八が賭場に返した借金が幾らだったか、急いで調べるんだな」

「承知。じゃあ……」

由松は、半兵衛と弥平次に挨拶をして座敷から出て行った。

「処で旦那、此の一件は……」

「うん。取立屋の五郎蔵の処の伊之吉と云う若い者が、取立金の二十両を持ち逃げしたと、追われていてね……」

半兵衛は、弥平次に事の次第を語り始めた。

両国広小路は、大勢の人で賑わっていた。

半次は、行き交う大勢の人を見て大きな溜息を吐いた。

見失った……。

伊之吉の姿は、両国広小路に来る迄の柳原通りでも見付ける事は出来なかった。

半次は、賭けに負けた。

伊之吉は、昌平橋か筋違御門で神田川を渡ったのかもしれない。

半次は、肩を落として柳原通りを戻り始めた。

伊之吉は、おふみを囮にして見張っていた半次を誘き出し、その隙を突いて忠兵衛長屋を訪れた。

訪れたのは、母親のおゆきに逢う為だ。

理由はそれしかない……。

半次は読んだ。

よし……。

半次は、母親のおゆきに逢う為、三河町の忠兵衛長屋に急いだ。

取立屋の五郎蔵の家には、手下の取立屋たちが出入りし始めた。

おふみは、その度に路地に隠れていた。

どうしたら良い……。

音次郎は困惑を浮かべ、斜向かいの古い荒物屋からおふみを見守っていた。

おふみは、五郎蔵の家を窺った。

二人の男がやって来た。

五郎蔵の手下か……。

音次郎は緊張した。

二人の男は、五郎蔵の家を窺っているおふみに気が付いた。

「おい……」

二人の男が、おふみに背後から声を掛けた。

おふみは驚き、振り向いた。

「何をしているんだい」

「えっ。いえ。すみません……」

おふみは、怯えを滲ませて詫び、足早に立ち去った。

二人の男は、立ち去って行くおふみを怪訝に見送った。

音次郎は、おふみが立ち去ったのに微かな安堵を覚えた。

おふみは、此のまま三河町の忠兵衛長屋に帰るのか……。

音次郎に新たな気掛かりが湧いた。

「父っつあん、又来る……」

音次郎は、おふみを追った。

古い荒物屋の老亭主は、怪訝な面持ちで見送った。


おふみは、神田川沿いの道に出た。そして、二人の男が追って来ないのを見定め、乱れた息を整えた。

五郎蔵の家に伊之吉が捕まった様子は、何も窺えなかった。

伊之吉は何処にいるのだ……。

おふみは、心当たりを思い浮かべた。

音次郎は、神田川沿いの道に佇んでいるおふみに気が付いた。

おふみは、神田川沿いの道を筋違御門に向かった。

神田川に架かっている筋違御門を渡り、三河町の忠兵衛長屋に帰るのか……。

音次郎は見届けようと、おふみを追った。

おふみは、筋違御門を渡って八ツ小路に出た。そして、柳原通りを両国広小路に急いだ。

筋違御門から出て来た音次郎は、おふみが八ツ小路から柳原通りへ行くのに気が付いた。

今度は何処に行く……。

音次郎は眉をひそめ、柳原通りを行くおふみを追った。

半次は、忠兵衛長屋のおゆきの家を訪れた。

おゆきは、倅(せがれ)の伊之吉が訪れたのを認めた。

「それでおゆきさん、伊之吉は何しに来たんだい……」

半次は尋ねた。

「別れに……」

おゆきは、哀しげに告げた。

「別れに来た……」

半次は戸惑った。

「親分さん、伊之吉は死ぬ気です」

おゆきは、涙声を震わせた。

「死ぬ気……」

半次は眉をひそめた。

「はい。ですから私に一目逢い、おふみちゃんにお世話になった礼と迷惑を掛けた詫びを云ってくれと頼んで。親分さん、きっと伊之吉は自分を騙した喜多八って人を殺して死ぬ気なんです」

おゆきは、伊之吉の胸の内を読んで嗚咽(おえつ)を洩らした。

「喜多八を殺して自分も死ぬ……」

半次は、厳しさを滲ませた。

柳原通りの柳森稲荷に参拝客は少なかった。

おふみは、鳥居を潜って境内に入り、厳しい面持ちで辺りを見廻した。

伊之吉を捜している……。

音次郎は、鳥居の陰から見守った。

おふみは、境内に伊之吉がいないのを見定め、御堂の周りを捜した。

だが、伊之吉は周りの何処にもいなかった。

おふみは落胆した。

伊之吉はいなかった……。

音次郎は、おふみの落胆に気が付いた。

おふみは、重い足取りで柳森稲荷の鳥居に進んだ。そして、不意に鳥居の陰にしゃがみ込んで泣き出した。

鳥居の前には、古着屋、古道具屋、葦簀張りの飲み屋などが店を連ねており、昼から酒を飲んでいる得体の知れぬ者などもいた。

拙い……。

音次郎は、鳥居の陰で泣いているおふみに近付いた。

「おふみ……」

音次郎は囁いた。

おふみは、涙に濡れた顔をあげた。

「あっ……」

おふみは、音次郎に気が付いた。

「こんな処で泣いていたら、どんな奴が近寄って来るか分からない。家に帰ろう」

音次郎は笑い掛けた。

「は、はい……」

おふみは頷き、立ち上がった。

「伊之吉、此処にいると思ったのかい……」

「子供の頃、此処で道に迷って泣いていたら伊之吉さんが通り掛かって……」

「助けて貰ったか……」

「はい。それから時々……」

「逢引きをしていたのかな」

音次郎は睨んだ。

「はい。だから……」

おふみは、頬を染めて俯いた。

「やっぱりな……」

音次郎は微笑み、おふみを連れて柳原通りに向かった。

葦簀張りの飲み屋から伊之吉が現れ、柳森稲荷を出て行く音次郎とおふみを見送った。

「おふみ、すまねえ。本当にすまねえ……」

伊之吉は、おふみの後ろ姿に手を合わせて頭を下げた。

夕陽は神田川を染めた。


取立屋五郎蔵の家には、喜多八や千吉たち手下が戻り始めていた。

「旦那、出涸らしだよ……」

斜向かいの小さな古い荒物屋の老亭主は、縁台に腰掛けている半兵衛に薄茶を差し出した。

「此奴はありがたい。父っつあんの出涸らしは美味いからね」

半兵衛は笑った。

「そう云ってくれるのは、旦那だけですぜ」

老亭主は、嬉しげに笑った。

「して、喜多八は戻って来ているんだね」

「ええ。さっき千吉の野郎と一緒に……」

老亭主は頷いた。

「そうか。して、うちの若いのはどうしたのか、知っているかな」

「ええ。十五、六歳の娘が五郎蔵の家の前を彷徨いていましてね。追っ掛けて行きましたよ……」

「十五、六歳の娘ねえ……」

おふみだ……。

音次郎は、五郎蔵の家の前を彷徨いて何処かに行ったおふみを追った。

半兵衛は読んだ。

「やっぱり此処でしたか……」

半次がやって来た。

「うん。何か分かったかい……」

「ええ。伊之吉が母親のおゆきの処に現れましてね……」

半次は、伊之吉が現れた経緯を半兵衛に詳しく話した。

「それで母親のおゆきが云うには、伊之吉は喜多八を殺して自分も死ぬ気だと……」

半次は、厳しい面持ちで告げた。

「母親のおゆきは、倅の伊之吉の胸の内をそう睨んだか……」

半兵衛は眉をひそめた。

「はい……」

半次は頷いた。

「旦那、親分……」

音次郎が駆け寄って来た。

「おう。おふみはどうした……」

半兵衛は尋ねた。

「はい。忠兵衛長屋の家に送って来ました」

「そうか。で、何処に行ったんだい、おふみ」

「伊之吉と逢引きをしていた柳森稲荷に行ったんですがね。いませんでした」

「柳森稲荷……」

半次は眉をひそめた。

「半次、お前、伊之吉を八ツ小路で見失い、柳原通りに追ったんだな」

「はい。で、両国広小路迄行ったのですが、旦那、伊之吉は柳森稲荷にいたのかも……」

半次は、悔しげに睨んだ。

「でしたら、今も柳森稲荷の何処かに潜んでいる……」

音次郎は、おふみに気を取られて柳森稲荷を詳しく検めなかったのを悔んだ。

「ま、いいさ……」

半兵衛は苦笑した。

「旦那、そろそろ店を閉めていいですかい」

老亭主が声を掛けて来た。

半兵衛は、老亭主に金を握らせて荒物屋を見張り場所に借りていた。

「ああ。音次郎、手伝ってやりな」

「はい……」

音次郎は、気軽に立ち上がった。

老亭主と音次郎は、店先の品物を片付けて雨戸を閉め始めた。

「よう。音次郎、半兵衛の旦那は此処かな」

由松がやって来た。

「此は由松の兄い。旦那は中です」

由松と音次郎は、荒物屋に入った。

「そうか……」

「賭場の借金、十五両か……」

半兵衛は眉をひそめた。

「はい。谷中の賭場の博奕打ちに聞いたんですがね。喜多八、その十五両に利息の五両を付け、〆て二十両、耳を揃えて返したそうですぜ」

由松は苦笑した。

「〆て二十両ねえ……」

「ええ……」

由松は頷いた。

「旦那、二十両、伊之吉が持ち逃げしたって取立金と同じですね」

半次は、皮肉っぽい笑みを浮かべた。

「ああ。喜多八が賭場に返した二十両、おそらくその取立金だろうな」

半兵衛は苦笑した。

「じゃあ旦那、伊之吉が持ち逃げした取立金の二十両、本当は喜多八が……」

音次郎は眉をひそめた。

「ああ。そして、伊之吉が持ち逃げしたと捏ち上げ、五郎蔵を言葉巧みに誑かした……」

半兵衛は読んだ。

「で、伊之吉をさっさと殺そうと、追い廻しているって処ですか……」

半次は読んだ。

「おそらくね……」

半兵衛は頷いた。

「相変わらず薄汚くて小狡い真似をしやがって、喜多八らしいや……」

由松は吐き棄てた。

「旦那、喜多八たち取立人が帰りますよ」

老亭主が外から入って来た。

「よし……」

半兵衛は、刀を手にして立ち上がった。

五郎蔵の家から千吉たち取立人が現れ、帰って行った。

喜多八が出て来た。

刹那、暗がりに蒼白い光が瞬き、伊之吉が匕首を構えて飛び出した。

「い、伊之吉……」

喜多八は驚き、立ち竦んだ。

伊之吉は、立ち竦んだ喜多八に匕首を構えて猛然と突進した。

次の瞬間、音次郎が伊之吉に飛び掛かった。

二人は縺れ合って倒れ込んだ。

「放せ、放してくれ。俺は喜多八をぶっ殺す。ぶっ殺すんだ……」

伊之吉は叫び声をあげ、押さえつける音次郎に抗った。

「止めろ伊之吉。こんな奴でも殺せば、人殺しだ」

音次郎は、匕首を握る伊之吉の手を必死に押さえた。

半次が駆け寄り、伊之吉を殴り飛ばして匕首を奪い取った。

音次郎は縄を打とうとした。

伊之吉は啜り泣いた。

「伊之吉……」

音次郎は、縄を打つのを躊躇った。

五郎蔵と用心棒の浪人の村上が、家から現れた。

「喜多八……」

「お、親方。伊之吉です。取立金の二十両を持ち逃げした伊之吉が、俺を殺そうとしやがった……」

喜多八は、半次と音次郎に押さえられている伊之吉を指差し、顔を醜く歪めて喚いた。

「伊之吉……」

五郎蔵は、伊之吉を睨み付けた。

「好い加減にするんだな、喜多八……」

半兵衛が現れた。

喜多八は立ち尽くし、五郎蔵と用心棒の村上は戸惑いを浮かべた。

「お前が取立金の二十両を伊之吉が持ち逃げしたと捏(でっ)ち上(あ)げ、賭場の借金返済に充てたのはもう知れているよ」

半兵衛は、喜多八に笑い掛けた。

「旦那……」

喜多八は、引き攣ったような笑みを浮かべて身を翻(ひるがえ)した。

「馬鹿野郎……」

由松が現れ、喜多八を突き飛ばした。

喜多八は、黒板塀に当たって激しく地面に叩き付けられた。

「神妙にするんだな、喜多八……」

由松は、喜多八に縄を打った。

「五郎蔵、取立金の二十両を持ち逃げしたのは、伊之吉じゃあなくて喜多八だ。此で良く分かったね……」

半兵衛は、五郎蔵に笑い掛けた。

「は、はい……」

五郎蔵は頷いた。

「ならば五郎蔵、喜多八を二十両を持ち逃げしたと北町奉行所に訴え出るね」

「はい……」

五郎蔵は苦笑した。

「よし、半次、音次郎、喜多八と伊之吉を大番屋に引き立てな」

半兵衛は命じた。

「承知しました」

半次と音次郎は頷いた。

「半次の親分、あっしもお手伝いしますよ」

由松は、縄を打った喜多八を引き摺り立たせた。

半次と音次郎、由松は、喜多八と伊之吉を連れて大番屋に向かった。

「五郎蔵、今後一切、伊之吉に手を出すんじゃない。もし、言い付けを聞かず、手を出した時には……」

半兵衛は、五郎蔵に笑い掛けた。

「首が斬り飛ばされる。よく分かっていますよ、白縫の旦那……」

五郎蔵は苦笑した。

「うむ。それから五郎蔵、長生きしたければ、阿漕な取立ては好い加減にするんだな……」

半兵衛は、五郎蔵を冷たく見据えた。

「し、白縫の旦那……」

五郎蔵は、顔を強張らせた。

「何れ、詳しく調べさせて貰うよ……」

半兵衛は、冷笑を残して日の暮れた町に立ち去った。

喜多八は、金を横領し、伊之吉の命を狙った罪で遠島の刑に処せられた。

「旦那、伊之吉も喜多八の命を狙いましたが、そいつはどうします」

音次郎は眉をひそめた。

「音次郎、伊之吉は喜多八に狙われた命を護る為にした迄だ。それに、世の中には私たち町奉行所の者が知らん顔をした方が良い事もあるさ……」

半兵衛は、伊之吉をお咎めなしで放免し、一件を騒ぎ立てずに始末した。

伊之吉は、かつて修業をしていた大工『大総』の棟梁に詫びを入れて戻った。

そいつは良かった……。

半兵衛は、おふみの笑顔を思い浮かべた。

この作品は双葉文庫のために書き下ろされました。

双葉文庫

ふ-16-52

新・知らぬが半兵衛手控帖

再縁話

2020年6月14日　第1刷発行

【著者】
藤井邦夫

【発行者】
箕浦克史
【発行所】
株式会社双葉社
〒162-8540 東京都新宿区東五軒町3番28号
［電話］03-5261-4818(営業)　03-5261-4833(編集)
www.futabasha.co.jp(双葉社の書籍・コミックが買えます)
【印刷所】
中央精版印刷株式会社
【製本所】
中央精版印刷株式会社

【フォーマット・デザイン】
日下潤一

ISBN978-4-575-67004-2 C0193
Printed in Japan

藤井邦夫

柳橋の弥平次捕物噺　六

愚か者

時代小説
〈書き下ろし〉

廻り髪結のおゆりを付け廻す御家人、島崎清之助。かつての許嫁島崎との関わりを断とうとするおゆりに、手を差しのべた人物とは……!?

藤井邦夫

日溜り勘兵衛　極意帖

眠り猫

時代小説
〈書き下ろし〉

老猫を膝に抱き縁側で転た寝する素性の知れぬ浪人。盗賊の頭という裏の顔を持つこの男は善か、悪か!?　新シリーズ、遂に始動！

藤井邦夫

日溜り勘兵衛　極意帖

仕掛け蔵

時代小説
〈書き下ろし〉

どんな盗人でも破れないと評判の札差大口屋の金蔵。眠り猫の勘兵衛は金城鉄壁の仕掛け蔵を破り、盗賊の意地を見せられるのか!?

藤井邦夫

日溜り勘兵衛　極意帖

賞金首

時代小説
〈書き下ろし〉

米の値上げ騒ぎで大儲けした米問屋の金蔵に目をつけ様子を窺っていた勘兵衛は、一人の荷揚げ人足の不審な行動に気付き尾行を開始する。

藤井邦夫

日溜り勘兵衛　極意帖

偽者始末

時代小説
〈書き下ろし〉

盗賊〝眠り猫〟の名を騙り押し込みを働く盗賊が現れた。偽盗賊の狙いは何なのか!?　正体を追う勘兵衛らが繰り広げる息詰まる攻防戦！

藤井邦夫

亡八（ぼうはち）仕置

日溜り勘兵衛　極意帖

時代小説〈書き下ろし〉

千住宿の岡場所から逃げ出した娘を匿った〝眠り猫〟の勘兵衛は、その背後に女を喰い物にする女郎屋と悪辣な女衒の影を察するが……。

藤井邦夫

盗賊狩り

日溜り勘兵衛　極意帖

時代小説〈書き下ろし〉

矢崎采女正が火付盗賊改方に就いて以来、立て続けに盗賊一味が捕縛された。〝眠り猫〟の勘兵衛は探索の裏側に潜む何かを探ろうと動く。

藤井邦夫

贋金作り

日溜り勘兵衛　極意帖

時代小説〈書き下ろし〉

両替商「菱屋」の金蔵から帯封のされた贋金二百両を盗み出した眠り猫の勘兵衛は、贋小判鋳造の背景を暴こうと動き出す。

藤井邦夫

盗賊の首

日溜り勘兵衛　極意帖

時代小説〈書き下ろし〉

盗人稼業から足を洗った「仏の宗平」が火盗改の矢崎采女正に斬り殺された。矢崎は宗平の首を使い、かつての仲間を誘き出そうとするが。

藤井邦夫

冬の螢

日溜り勘兵衛　極意帖

時代小説〈書き下ろし〉

旗本本田家周辺を嗅ぎ回る浪人榎本平四郎。無外流の遣い手でもある平四郎の狙いは一体何なのか？　盗賊眠り猫の勘兵衛が動き出す。

藤井邦夫

日溜り勘兵衛　極意帖
押込み始末（おしこみしまつ）

時代小説〈書き下ろし〉

老舗呉服屋越前屋に狙いを定めた勘兵衛。だがその押し込みをきっかけに大藩を向こうに回す攻防に発展する。人気シリーズ興奮の最終巻！

藤井邦夫

結城半蔵事件始末〈一〉
不忠者

時代小説

奥州上関藩に燻る内紛の火種を嗅ぎつけた南町奉行所与力結城半蔵。直心影流の剣が悪を斬る時代小説第一弾。装い新たに五カ月連続刊行！

藤井邦夫

結城半蔵事件始末〈二〉
御法度

時代小説

南町与力結城半蔵と交流のある飾り結び職人のおゆみ。そのおゆみと同じ長屋に住む浪人夫婦を狙う二人の胡乱な侍が現れた。

藤井邦夫

結城半蔵事件始末〈三〉
追跡者

時代小説

脱藩した男を討つよう主命を受けた勝岡藩士を藩の目付衆が付け回していた。結城半蔵は、その上意討ちの裏に隠された真相を探り始める。

藤井邦夫

結城半蔵事件始末〈四〉
濡れ衣

時代小説

京橋の大店「角屋」の倅が勾引された。手代の証言から、矢崎新兵衛という浪人者が捕らえられたが、結城半蔵は矢崎の無実を確信し……。

藤井邦夫

結城半蔵事件始末〈五〉

無宿者

時代小説

茶問屋を勘当され無宿人となった平七が肥後国岩倉藩大沢家の下屋敷を見張っていた。その理由を探るべく、結城半蔵らが探索を開始する。

藤井邦夫

新・知らぬが半兵衛手控帖

曼珠沙華（まんじゅしゃげ）

時代小説〈書き下ろし〉

藤井邦夫の人気を決定づけた大好評の「知らぬが半兵衛手控帖」シリーズ。その続編が4年ぶりに書き下ろし新シリーズとしてスタート！

藤井邦夫

新・知らぬが半兵衛手控帖

思案橋（しあんばし）

時代小説〈書き下ろし〉

楓川に架かる新場橋傍で博奕打ちの猪之吉が死体で発見された。探索を始めた半兵衛の前に猪之吉の情婦の家の様子を窺う浪人が姿を現す。

藤井邦夫

新・知らぬが半兵衛手控帖

緋牡丹（ひぼたん）

時代小説〈書き下ろし〉

奉公先で殺しの相談を聞いたと、見知らぬ娘が半兵衛を頼ってきた。五年前に死んだ鶴次郎の半纏を持って……。大好評シリーズ第三弾！

藤井邦夫

新・知らぬが半兵衛手控帖

名無し（ななし）

時代小説〈書き下ろし〉

殺しの現場を見つめる素性の知れぬ老人。後を追った半兵衛に権兵衛と名乗った老爺は何を隠しているのか。大好評シリーズ待望の第四弾！

双葉文庫